血流典

혈룡전

목 차

1장
악마의 재림

"헉! 헉! 크윽……."

수풀 속을 정신없이 달리는 개방 방주 구천엽이 연신 가쁜 숨을 토해냈다. 그는 부상을 당했는지 몸을 제대로 가누지 못하고 있었다.

후퇴 명령이 떨어지자마자 뒤도 돌아보지 않고 필사적으로 소림을 벗어났다.

하지만 혈교의 추적이 만만치 않았다.

'크윽…… 마지막에 꼽추 놈에게 당한 상처가 너무 크군!'

구천엽의 얼굴이 일그러졌다.

소림을 벗어나기 직전, 온몸에 가시가 돋아난 꼽추에게
일장을 허용했는데, 그 상세가 생각보다 심각했다.

장력에 독이 섞여 있었는지 기혈이 끓어오르고 운기가
제대로 되지 않았다.

구천엽은 연신 뒤를 흘끔거리며 무거운 다리를 움직였
다.

독 때문인지 눈이 점점 혼미해져 갔다.

엎친 데 덮친 격으로 정신없이 달아나다 보니 방향감각
을 잃어 자신이 어디에 있는지조차 모르는 상황이었다.

"크윽…… 젠장!"

구천엽이 욕지기를 토해냈다.

처음 혈교 무리를 치러 나설 때까지만 하더라도 자신이
이러한 궁지에 몰리리라고는 꿈에도 생각지 못했다.

천하제일인이라 할 수 있는 남궁진천이 직접 나섰고, 정
파의 최고 고수들이 모두 참여했다.

혈교 잔당들의 전력이 만만치 않기에 고전하리라고는 생
각했으나, 결코 이렇게 처참하게 패퇴하리라고는 예상치
못했다.

그때였다.

"허억!"

갑자기 구천엽의 발이 밑으로 쑥 꺼졌다.

"뭐, 뭐야!"

그가 발을 디딘 곳에는 지름이 넉 자쯤 되는 구멍이 뚫려 있었다.

"크윽!"

균형을 잃은 구천엽의 신형이 빠른 속도로 아래쪽을 향해 미끄러졌다.

팔다리를 허우적거리며 떨어져 내리는 신형을 멈춰 세우려 애썼지만, 구덩이의 벽은 마치 기름을 바른 듯 미끄러워 헛손질만 할 뿐이었다.

구덩이는 제법 깊은 모양인지 한참을 쓸려 내려갔는데도 바닥이 보이지 않았다.

"크으으······."

이대로 바닥에 충돌해 버린다면 지금 그의 몸 상태를 감안해 보았을 때, 결코 무사하지 못할 것이다.

구천엽은 뒤엉켜 버린 기혈로 인해 몸 여기저기 날뛰고 있는 내공을 억지로 끌어모아 충돌에 대비했다.

하지만 엎친 데 덮친 격으로 독 기운이 퍼져 의식마저 점점 더 흐릿해지기 시작했다.

쿠웅!

그때, 충격과 함께 구천엽의 육신이 바닥과 충돌했다.

"우욱!"

쿨럭!

비명을 크게 지른 구천엽이 피를 한 움큼이나 토해

냈다.

내공을 최대한 모아 몸을 보호했으나 역부족이었다.

다리가 부러졌는지 극심한 통증이 하반신을 유린했다.

그나마 다행인 것은 구덩이가 비스듬히 경사져 있었다는 점이다. 직각으로 떨어져 내렸다기보다는 미끄러져 흘러내린 것이다.

만일 그대로 떨어졌다면 단지 다리가 부러지는 것만으로 끝나지는 않았을 것이다.

"크윽…… 제, 젠장……."

구천엽은 고개를 들어 자신이 떨어진 입구를 살폈다.

아마도 땅 밑으로 뚫린 동굴에 빠진 듯했다.

빛이 거의 들지 않아 주변의 풍경이 잘 보이지 않았다.

소리가 울리는 정도를 보아 그다지 넓지 않은 공간 같았다.

구천엽은 우선 자신의 몸 상태를 확인했다.

그나마 부러진 두 다리 외에 다른 곳은 멀쩡한 편이었다.

문제는 꼽추의 독장(毒掌)에 당한 내상.

'크으으…… 이런 몸 상태로는 이곳을 빠져나가기가 불가능해.'

한참이나 떨어졌음을 고려해 볼 때, 지상까지는 상당한 거리가 있었다. 힘을 제대로 쓸 수 없는 그가 구덩이를 타고 오르는 것은 무리였다.

'어차피 이렇게 된 것, 당장은 운기를 해서 독을 몰아내는 것에 집중해야겠군.'

움직일 수 없다면 차라리 내상을 치유하는 데 집중하는 편이 나은 것이다.

독 기운만 몰아낼 수 있다면 공력을 회복할 수 있을 것이고, 내공이 받쳐 준다면 이곳을 탈출할 수도 있을 것이다.

"크윽!"

구천엽은 고통을 참으며 몸을 일으켜 세웠다.

부러진 다리를 끌어당겨 힘겹게 자세를 잡은 그가 천천히 운기를 시작하려 할 때였다.

우우우우우우웅!

갑자기 동굴이 웅웅대며 울리기 시작했다.

─크크크크크!

동시에 귀기 어린 웃음소리가 동굴에 메아리쳤다.

"누, 누구냐!"

깜짝 놀란 구천엽이 몸을 웅크리며 소리쳤다.

웃음소리는 동굴 전체를 흔들 정도로 거대한 기운이 담겨져 있었다.

'고, 고수!'

구천엽은 극도의 긴장감에 자신도 모르게 침을 꿀꺽

삼켰다.

바로 지척에 있었는데도 기척을 느끼지 못했다.

게다가 웃음소리만으로 이정도 위력을 보여준다는 것은 상대가 최소한 화경을 넘어선 고수라는 이야기였다.

물론 구천엽도 화경을 넘어섰지만, 지금 그의 상태를 감안할 때 상대가 적의를 가지고 덤벼든다면 제대로 대응도 못해보고 당하게 될 것이 분명했다.

─크크크크······ 드디어······ 그릇이······ 백······삼십 년 만에······.

귀를 찢는 듯한 목소리가 구천엽의 머릿속을 뒤흔들었다.

구천엽이 두 눈을 부릅뜬 채 목소리의 주인을 찾으려 애썼다.

'그릇이라니! 대체 무슨 이야기인가.'

무언가 불안하고 두려운 느낌이 구천엽의 뇌리를 건드렸다.

"허억!"

불안한 예감은 바로 현실이 됐다.

그의 몸을 정체를 알 수 없는 끈적끈적한 기운이 휘감기 시작했던 것이다.

스스스스스!

"뭐, 뭐냐!"

구천엽이 급히 기운을 떨쳐내려 했지만, 끈적한 기운은 그럴수록 더욱 그의 육신을 옭아맸다.

시체가 썩은 것 같은 불쾌하고 고약한 냄새가 코를 찔렀다.

이를 악물고 몸부림을 쳤으나 마치 마비산에라도 당한 것처럼 손가락 하나 움직여지지 않았다.

그런데다 추락과 독의 여파로 남아 있는 공력도 얼마 되지 않았기에 구천엽은 결국 별다른 저항도 못하고 그대로 기운에 몸을 맡길 수밖에 없었다.

—크크크크크…… 키키키키…….

음산한 웃음소리가 더욱 짙어진다 싶은 순간 허공에 두 개의 붉은 섬광이 나타났다.

섬광 주위로는 어둠보다도 더 검은 기운이 소용돌이쳤다.

붉은 섬광을 마주한 구천엽은 자기도 모르게 몸을 가늘게 떨었다. 감히 항거할 수 없는 무엇인가가 그의 머릿속을 공포로 가득 채우고 있었다.

그것은 마치 죽음보다 더 깊고 어두운 근원적인 두려움이었다.

'대, 대체…….'

그는 자신이 마주한 존재가 재앙과도 같은 존재임을 본능적으로 깨달았다.

슈아아아악!

그때, 한 쌍의 붉은 섬광이 구천엽을 덮쳤다.

동시에 소용돌이치던 검고 어두운 기운이 구천엽의 눈, 코, 입을 비롯한 칠공(七孔)으로 파고들어 갔다.

'끄으으윽!'

머리가 터져 나가는 듯한 고통이 구천엽의 뇌를 흔들었다.

뭍으로 끌려 나온 생선이 파닥이듯 구천엽의 온몸이 심하게 경련했다.

두 눈이 하얗게 뒤집어진 구천엽의 정수리로 붉은 섬광이 번개가 내려치듯 떨어져 내렸다.

쩌어어엉!

굉음과 함께 경련하던 구천엽의 육신이 시체처럼 축 늘어졌다.

어느새 검은 기운도 모두 사라진 후였다.

요동치던 동굴 안은 마치 아무 일도 없던 것처럼 고요했다.

그때, 놀랍게도 죽었다고 생각한 구천엽의 손가락이 꿈틀, 하고 움직이는 것이 아닌가.

처음에는 손가락, 그리고 손목, 팔다리를 꿈틀거리더니 급기야 뒤집혔던 눈동자가 제자리로 돌아왔다.

한 차례 몸을 부르르 떤 구천엽이 천천히 몸을 일으

켰다.

그의 두 눈에는 엷게 붉은 기운이 어려 있었다.

그의 입꼬리가 묘하게 위로 말려 올라갔다.

"크크크크……."

그 사이로 귀기 어린 웃음소리가 새어 나왔다.

"크크크, 이 날을 얼마나 기다렸던가! 드디어 나 혈마가 다시 세상으로 나가는구나!"

혈마!

분명 혈마는 진운룡의 손에 백삼십 년 전 목숨을 잃지 않았던가. 한데 이곳에서 왜 그 이름이 다시 튀어나온단 말인가.

"기다려라! 내가 곧 세상을 피로 물들일 것이다! 크하하하하!"

스스로를 혈마라 칭한 구천엽의 광소가 동굴을 가득 채웠다.

2장
소림

진운룡의 신형이 마치 빛살처럼 빠르게 산 위로 쏘아
져 나갔다. 장애물들이 곳곳에서 진로를 방해했지만 그
에게는 아무런 문제도 되지 않는 듯 보였다.

나무와 나무 사이를 미끄러지는 그의 모습은 마치 미
꾸라지처럼 유연하고 거침이 없었다.

"주군, 같이 갑시다!"

적산이 헉헉거리며 진운룡의 뒤를 쫓았다.

객잔에 나타난 정파 무인들의 꼬락서니나 주변에 느껴
지는 다급한 움직임들로 보아 이미 싸움은 무림맹의 패
배로 결말이 난 듯했다.

그럼에도 진운룡이 서둘러 움직이는 이유는 아직 난전의 혼란이 가시지 않았을 지금, 소림에 도착하기 위해서였다.

쓸데없는 번거로움을 상당 부분 피할 수 있을 것이기 때문이다.

서두른 덕에 두 사람은 채 일각도 지나지 않아 소림에 도착할 수 있었다.

하지만 진운룡의 예상과는 달리 소림은 방금 치열한 전투가 있었다는 흔적을 전혀 찾아볼 수 없이 차분하고 고요한 분위기를 풍기고 있었다.

"허…… 이거 싸움이 있기는 있던 거요?"

적산이 조금은 어리둥절한 얼굴로 헛바람을 토해냈다.

산문 앞에는 혈교의 무리로 보이는 복면인들 열 명 정도가 아무 일도 없었다는 듯이 느긋한 자세로 경비를 서고 있었다. 저희들끼리 무슨 재밌는 일이라도 있는 양 농지거리를 하는 모습이 방금 큰 싸움이 있었다고는 도저히 믿기 힘들었다.

진운룡이 살짝 눈살을 찌푸렸다.

"이거 무림맹 놈들이 혈교 녀석들을 너무 쉽게 보고 밑에 조무래기들 몇 놈만 보낸 것 아니요?"

지금 소림의 상태는 무림맹이 혈교에 별다른 타격을 주지 못하고 완패했다고 밖에는 설명이 되지 않으니 적산의 말에도 일리가 있었다.

"그보다는 혈교의 전력이 무림맹을 압도할 정도로 강하다고 봐야겠지."

진운룡이 무심한 듯 이야기했다.

그가 알기로 남궁진천은 결코 어리석은 자가 아니었다.

오히려 집요하고 철두철미한 인물에 가까웠다.

그런 자가 상대를 얕보거나 방심을 했을 리는 없었다.

그럼에도 불구하고 무참히 깨진 것이다.

그것은 곧 혈교의 전력이 생각보다 만만치 않다는 것을 뜻했다.

잠시 눈을 가늘게 뜨고 소림사의 정문을 응시하던 진운룡이 몸을 움직였다.

"가자!"

"후후, 몸 좀 풀어봅시다!"

적산이 씩 웃으며 성큼 그 뒤를 따랐다.

"응? 아직 도망치지 않은 놈이 있었나?"

복면인 하나가 두 사람을 발견하고는 의아한 목소리로 말했다.

"어리석은 놈들. 목숨이 서너 개는 되는 모양이로구나. 기껏 살려주었더니 제 발로 다시 목을 내밀다니. 큭큭큭!"

"후후, 아니면 너희 놈들도 교도가 되려는 것이냐?"

"큭큭큭, 교주님의 위대하심을 중원 무인들도 벌써 깨달은 게로구나!"

눈동자가 핏빛으로 물든 복면인들이 저마다 한마디씩 뱉어내며 이죽거렸다. 그들의 목소리나 눈빛은 광기에 젖어 있었다.

진운룡이 살짝 눈살을 찌푸렸다.

사신(死神)이 앞에 와 있는 줄도 모르고 건방을 떠는 복면인들의 가소로운 작태 때문이 아니었다.

그들의 상태가 진운룡 자신이 피의 광기에 취해 있을 때와 흡사했기 때문이다. 아마도 그들 역시 혈신대법, 혹은 그와 비슷한 술법을 받은 듯했다.

산문을 지킬 정도라면 혈교에서 그리 높은 위치에 속해 있는 자들은 아닐 터였다.

그런 자들에게까지 술법을 행하려면 셀 수 없을 정도로 많은 사람들의 목숨을 희생시켰을 것이 분명했다.

"이런 주제도 모르는 개잡놈들!"

그때, 복면인들의 조롱을 참지 못한 적산이 욕을 내뱉으며 뛰쳐나갔다. 진운룡은 굳이 그를 말리지 않았다.

어차피 이곳까지 온 이상 싸움은 피할 수 없었기 때문이다. 게다가 복면인들 정도라면 적산 혼자서도 충분히 처리할 수 있었다.

한 번의 도약으로 단숨에 복면인들과의 거리를 좁힌 적산이 번개처럼 도를 휘둘렀다.

"엇!"

"이놈!"

예상외로 빠른 적산의 움직임에 놀란 복면인들이 황급히 무기를 들어 올렸다.

서걱!

하지만, 그보다 적산의 도가 선두에 선 복면인의 가슴을 가로로 길게 가르는 것이 빨랐다.

"크악!"

비명과 함께 복면인의 가슴이 쩍 벌어지며 피 분수가 솟아올랐다.

"놈!"

"막아라!"

"크헉!"

첫 번째 복면인이 미처 바닥에 쓰러지기도 전에 그 옆에 있던 복면인의 머리가 허공으로 떠올랐고, 거의 동시에 그 뒤에 검을 찔러오던 복면인의 왼쪽 가슴이 터져 나갔다.

스걱! 파악!

복면인들이 악을 쓰며 검을 휘둘렀지만, 적산의 옷자락조차 베지 못했다. 마치 환영처럼 적산의 신영이 흐릿하게 사라졌다 나타날 때마다 피가 튀고, 복면인들이 쓰러졌다.

열 명의 복면인이 모두 쓰러지는 데는 겨우 숨 한 번 쉴 시간밖에 걸리지 않았다.

"클클클…… 소란스러워 달려와 봤더니 재밌는 놈이 있구나."

그때였다.

마치 쇠를 긁는 듯 불쾌한 목소리가 산문 뒤쪽에서 들려왔다.

도에 묻은 피를 털어낸 적산의 시선이 목소리가 들려오는 곳으로 향했다.

"꼽추 노인네?"

적산이 뒤틀린 입꼬리를 말아 올리며 말했다.

목소리 주인의 모습이 무척 기괴했기 때문이다.

머리카락은 물론 눈썹 한 올 없는 머리, 주저앉은 코는 콧구멍이 훤히 드러나 보일 정도로 위로 젖혀져 있고, 이리저리 멋대로 돋아난 이빨은 툭 불거진 입술 밖으로 튀어나와 있었다. 게다가 두 눈은 그 크기가 달라 한쪽은 거의 감은 듯 조그만 한 반면, 나머지 한쪽은 흰자위가 위아래로 드러날 정도로 컸다.

그의 외모를 더 기괴하게 만드는 것은 어지간한 사람들보다 두 배는 큰 머리에 비해 사 척에도 못 미치는 작은 키, 그리고 적산이 이야기했던 대로 마치 혹이라도 난 듯 크게 굽어 있는 등이었다.

그의 정체는 바로 혈교의 사 사령 추노였다.

추노의 기세가 만만치 않음을 느낀 적산이 이를 드러내며 씨익 웃었다.

그의 두 눈에는 호승심이 가득했다.

본래 강한 상대만 보면 끓어오르는 투기를 주체할 수 없는 그였다. 추노는 적산의 투기를 자극하기에 충분하고도 넘치는 강함을 가지고 있었다.

"어라?"

하지만, 추노는 그런 적산을 무시한 채 진운룡에게로 고개를 돌렸다.

"클클클, 이게 누구신가. 네놈이 바로 진운룡이라는 애송이로구나?"

추노가 비릿한 미소를 지으며 말했다.

진운룡의 두 눈에 이채가 일었다.

상대가 단번에 자신을 알아볼 줄은 몰랐던 것이다.

"크크크, 어차피 소림 주변은 모두 본교가 장악한 지 오래다. 네놈이 이곳에 왔을 때부터 이미 우리 시선을 벗어날 수 없는 것이다!"

하기야 이미 소림이 혈교의 손에 떨어졌으니, 숭산 인

근은 혈교의 앞마당이나 마찬가지다. 진운룡이 딱히 은밀히 행적을 숨기거나 한 것도 아니기에 추노가 그의 정체를 파악한 것도 그리 놀라운 일은 아니었다.

아마도 진운룡 일행이 머물던 객잔에서 이미 혈교에 정보가 들어갔을 것이다.

'이런……'

그때, 갑자기 무언가가 생각난 듯 진운룡의 미간에 내천(川) 자가 그려졌다.

'그 아이가……'

객잔에 남겨두고 온 소은설과 구학이 떠올랐던 것이다.

만일 숭산 인근이 이미 혈교에게 장악되었다면, 두 사람만 객잔에 남아 있는 것은 너무도 위험했다. 경신법 외에는 변변한 무공을 익히지 못한 소은설은 물론이거니와 구학 역시 말이 하오문주의 수제자일 뿐, 그동안 무공 연마를 게을리한 터라 이제 이류에 간신히 턱걸이하는 수준에 불과했다. 이미 진운룡의 일행이라는 사실이 알려졌을 것이 빤한 이상, 혈교에서 그녀에게 무슨 수작을 부릴지 모를 일이었다.

"한데, 어째서 벌써 온 것이냐? 교주님과의 약속 날짜는 사흘 후인 것으로 알고 있는데?"

소은설의 문제로 고민에 빠져있는 진운룡에게 추노가

물었다. 그의 눈동자는 진운룡의 진의를 파악하려는 것인지 계속해서 위아래로 진운룡을 살피고 있었다.

"후후, 주군께서 무엇 때문에 네깟 놈들이 언제 오라는 대로 따라야 된단 말이냐?"

적산이 추노를 향해 이죽거렸다.

"십이천(十二天)에게도 미치지 못하는 애송이 놈이 겁도 없이 나대는구나!"

날카로운 살기가 추노의 두 눈에서 뿜어져 나왔다.

십이천의 이름을 마치 아이 부르듯 쉽게 내뱉는 추노의 모습을 다른 무림인들이 보았다면 그 광오함에 비웃음을 금치 못했을 것이다. 하지만 적산은 추노가 충분히 그럴 자격이 있음을 타고난 본능으로 알 수 있었다.

"홋, 늙은이, 어디 한 번 덤벼보시지!"

그럼에도 불구하고 적산은 물러서지 않고 기세를 쏘아냈다. 어찌 보면 하룻강아지 범 무서운 줄 모르는 꼴이었다.

추노의 두 눈이 붉게 발광하고 그의 주변 공기가 우르릉거리며 울었다. 두 사람 사이에 일촉즉발(一觸卽發)의 긴장감이 흘렀다.

"끄응……."

그때, 예상 외로 당장에라도 적산을 잡아먹을 듯 노려보던 추노가 침음성을 내쉬고는 천천히 살기를 거두었다.

"빌어먹을! 교주님의 분부만 아니었다면 네놈은……
벌써 내 손으로 갈기갈기 찢어놓았을 것이야!"

크르릉거리며 잔뜩 화를 참는 추노의 모습에 적산이
코웃음을 쳤다.

애써 적산을 무시한 추노가 다시 진운룡을 향해 입을
열었다.

"어쨌든 여기까지 온 이상 교주님께 안내해 주마. 나
를 따르거라!"

참혹하게 쓰러진 복면인들의 시신에는 눈길조차 주지
않고 추노가 산문 안쪽을 향해 성큼 걸음을 내딛은 채 진
운룡을 바라봤다.

잠시 추노를 바라보던 진운룡이 적산에게 시선을 옮겼
다.

"적산, 너는 객잔으로 돌아가거라."

"헛! 무슨 소리요, 주군. 여기까지 와서 별 재미도 못
보고 그냥 돌아가란 말이오?"

적산이 못마땅한 표정으로 되물었다.

복면인들의 실력이 워낙 보잘 것 없어 제대로 손맛을
보지 못한 터라 그러지 않아도 몸이 근질근질한데 그냥
돌아가라니 적산의 입장에서는 당연히 못마땅할 수밖에
없었다.

"어차피 여기는 나 혼자 충분하다. 너는 차라리 객잔

으로 돌아가 일행을 지키는 것이 내게 도움이 된다."

"아!"

그제야 진운룡의 뜻을 알아차린 적산이 고개를 끄덕였다.

"흥! 걱정 말거라. 교주님께서 네놈들을 어찌하실 요량이었으면 벌써 네놈들 목숨은 사라지고 없었을 테니. 이번에는 단지 교주님께서 네놈에게 흥미를 느껴 직접 한 번 보고 싶다고 하시어 마련한 자리일 뿐이니라. 물론, 그렇다고 네놈이 교에 저지른 죄가 사라지는 것은 아니지. 그 죄는 차후에 내 두 손으로 직접 벌해주마."

당장 손을 쓰지 못하는 것이 무척 안타깝다는 듯 추노가 입맛을 다셨다.

"사악한 네놈들의 말을 어찌 믿겠느냐? 주군, 일행은 걱정 마시오. 내가 반드시 놈들로부터 보호하겠소."

살짝 목례를 한 적산이 몸을 훌쩍 날려 산 아래로 쏘아져 갔다.

조소를 입에 건 추노가 몸을 돌려 다시 걸음을 옮기기 시작했고, 진운룡은 천천히 그 뒤를 따랐다.

소림사 경내로 진입할수록 비릿한 혈향(血香)이 진운룡의 후각을 자극했다.

'싸움의 잔재인가?'

진운룡이 눈살을 찌푸렸다.

하기야 혈교의 압승으로 끝난 상황이라면, 무림맹 쪽 피해가 만만치 않았을 것이다. 그동안 저지른 혈교의 작태들을 미루어 짐작해 볼 때, 피가 적지 않게 흘렀으리라.

피 냄새뿐만 아니라 기분 나쁜 끈적끈적한 기운 역시 경내를 가득 채우고 있었다. 기운 때문인지 피에 대한 갈증이 스멀스멀 고개를 쳐들기 시작했다.

어젯밤 소은설의 피를 흡수한 탓에 참을 만하다는 것이 그나마 다행이라면 다행이었다.

'마치 소림사 전체가 핏물에 잠긴 것 같군…….'

그가 혈마를 죽이러 혈마궁에 발을 들였을 때도 이와 비슷한 느낌을 받았었다. 자신들이 혈교의 후예라는 혈교주의 주장이 거짓은 아닌 듯했다.

'그렇다면 혈교주라는 자는 과연 이 저주를 풀 방법을 알고 있을까?'

혈신대법을 자유자재로 펼칠 수 있는 그자라면 충분히 가능성이 있어보였다.

인상을 찌푸린 진운룡을 힐끔 쳐다본 추노가 비릿한 미소를 지었다.

"크크크, 이제야 조금 두려운 모양이구나. 이 기운이야말로 교주님께서 교인들을 위해 내려주신 축복, 혈마기(血魔氣)이니라. 끌끌, 하기야 우리에게는 더할 수 없는 축복이지만, 네놈들은 오금이 저릴 것이다."

득의양양한 표정으로 말하는 추노의 말을 무시한 진운룡의 시선이 북동쪽 방향을 향했다.

피 냄새와 끈적끈적한 기운이 그곳에서 더욱 강해지고 있었다.

추노의 걸음이 향하는 곳이기도 했다.

그곳은 소림에서도 가장 심처에 속하는 장소였는데, 바로 방장실이 위치한 곳이었다.

　　　　*　　　　　　*　　　　　　*

대웅전과 나한전을 지난 두 사람은 사방 이십 장 정도 되는 넓은 공터에 이르렀다.

공터 한가운데 뒤쪽에는 그다지 크거나 화려하지는 않지만, 단아하면서도 기품이 있는 전각이 한 채 자리하고 있었는데, 그 전각이 바로 소림의 주지, 방장이 머무는 방장실이었다.

"으음……."

방장실 앞에 도착한 진운룡의 입에서 자신도 모르게 나직한 침음성이 터져 나왔다.

좀처럼 감정을 드러내지 않던 그였으나, 방장실 앞 공터에 펼쳐진 광경은 그런 진운룡으로서도 눈살을 찌푸리지 않을 수 없었던 것이다.

소림승으로 보이는 수십 구의 시체들이 대나무 장대에 매달려 공터에 널려져 있었는데, 그들의 왼쪽 가슴은 모두 구멍이 뚫린 채였고, 칼로 베어져 반쯤 잘린 손목과 발목의 상처에서 핏물이 끈적하게 흘러내리고 있었다.

이미 죽은 지 오랜 시간이 지났는지 부패가 꽤 진행된 시신임에도 불구하고, 무슨 수를 쓴 것인지 그 피만은 굳지 않은 채 대지를 적시고 있었다.

더욱이 놀라운 사실은 시신들의 정체가 기껏해야 열 살이 채 넘지 않은 동자승들이었다는 것이다.

"클클클, 소림 중들의 피 맛은 제법 괜찮았지……. 게다가 어린 것들의 피는 더욱 그 향기가 짙고 깨끗하거든……."

추노가 긴 혀로 입술을 핥으며 조소를 지었다.

진운룡의 두 눈이 차갑게 가라앉았다. 그가 이곳에 온 목적은 교주에게서 혈신대법에 대한 정보를 얻기 위함이었으나, 눈앞에 참혹한 죽음들을 대하니 그냥 모른 채 할 수만은 없었다. 이대로 혈교의 무리를 놔둔다면 앞으로 얼마나 더 많은 목숨이 억울하게 스러져 갈까.

그는 비록 불의와 악을 용납하지 않는 협의지사(俠義之士)와는 거리가 멀었으나, 그렇다고 눈앞에서 벌어지는 죄 없는 죽음을 모른 체 할 만큼 냉혈한은 아니었다.

"너희는 더 이상 세상에 존재해서는 안 되겠구나."

무심하게 가라앉은 두 눈으로 진운룡이 말했다.

그의 목소리는 덤덤했지만, 서늘한 한기를 품고 있었다.

순간, 추노는 온몸이 예리한 칼날에 난도질당하는 듯한 느낌에 눈을 부릅뜬 채 굳어버렸다. 진운룡이 딱히 기세를 뿜어내거나 살기를 쏘아낸 것도 아니었지만, 그는 손가락 하나도 움직일 수 없었다.

마치 거대한 얼음에 갇힌 것처럼 서늘한 한기가 온몸을 옭아매고 그의 머릿속을 공포로 채웠다.

'이, 이것이 대체!'

당황한 추노가 다급히 기운을 끌어올렸다.

구우우우웅!

그러자 간신히 굳었던 몸이 말을 듣기 시작했다.

"이놈!"

추노가 이를 갈며 진운룡을 노려봤다.

간신히 몸을 움직일 수는 있으나, 아직도 엄청난 압력이 그를 짓누르고 있어 산이라도 짊어진 듯한 느낌이었다.

진운룡이 예의 무심하고 공허한 표정으로 추노를 향해 서서히 손을 들어 올리자 그 압력이 더욱 커졌다.

─그만!

그때, 방장실로부터 천지를 쩌렁쩌렁 울리는 사자후가 터져 나왔다.

진운룡이 손을 멈추고 방장실 입구를 향해 돌아섰다.

동시에 추노를 누르던 거대한 압력이 씻은 듯이 사라졌다.

즉시 추노가 손톱을 세우며 진운룡에게 달려들으려 했다.

"물러서라!"

하지만 곧이어 들려온 나직한 목소리에 추노는 고개를 숙인 채 뒤로 급히 물러났다.

끼이익!

방장실 문이 열리며 두 마리 혈룡이 교차하는 화려한 용포를 차려입은 혈교의 교주가 그 모습을 드러냈다.

그 뒤로는 일 사령 척진군을 비롯한 나머지 사령들이 호위하듯 늘어서 있었다.

추노가 동작을 멈추고는 고개를 숙인 채 뒤로 급히 물러났다.

"네가 진운룡이라는 아이인가?"

입가에 은은한 미소를 띠운 채 혈교주가 진운룡을 바라봤다.

그의 두 눈은 마치 뱀의 그것처럼 요기를 쏟아내고 있었다.

진운룡은 그 시선을 무심하게 받았다.

혈교주의 두 눈에 이채가 일었다.

"호오…… 생각보다 더 뛰어나구나. 그동안의 정보가 오히려 모자람이 있었어……."

혈교주가 흥미로운 얼굴로 눈을 빛냈다.

그의 날카로운 시선이 진운룡을 위에서 아래로 훑었다.

"내가 내력을 파악할 수 없을 정도의 수준이라니…… 그 나이에 도저히 믿기 어려운 경지로구나. 아니, 아마도 보이는 나이와는 다를 테지……."

무언가 재밌는 것이라도 접한 듯 한쪽 입꼬리를 말아 올린 혈교주가 다시 말을 이었다.

"만나기로 약속한 것은 본래 사흘 후가 아니었던가? 하긴, 어차피 상관없지. 너에 대한 환영 준비는 이미 끝난 상태이니 굳이 사흘 후까지 시간을 끌 필요는 없겠군."

혈교주의 얼굴에 화사한 미소가 일었다.

"환영한다. 그렇지 않아도 그간 너에게 묻고 싶은 것이 많았느니라."

마치 귀한 손님이라도 맞이하는 듯 좌우로 두 팔을 벌린 채 혈교주가 말했다.

무심한 표정으로 혈교주의 말을 듣던 진운룡이 천천히

입을 열었다.

"나 역시 너에게 물어볼 것이 많다."

조금은 무례한 진운룡의 언사에 혈교주의 눈썹이 살짝 치켜 올라갔다.

"이놈! 감히 어디라고!"

일 사령 척진군이 고함을 터뜨리며 앞으로 달려 나가려는 것을 혈교주가 손을 들어 저지했다.

"그만! 내 명이 있기까지는 경거망동 말거라!"

깊숙이 머리를 조아린 척진군이 못마땅한 얼굴로 진운룡을 노려보며 뒤로 물러났다.

"좋아…… 자신감이 넘치는구나. 하기야 그 정도 능력이라면 이제껏 적수를 만난 적이 없을 테니 오만할 만도 하겠지. 강한 자에겐 당연히 오만할 권리가 있는 법. 하지만, 지나친 오만은 그 대가를 치르기 마련이니라. 단, 오늘은 세상에 교의 위대한 힘을 드러낸 기쁜 날이니 너그러이 넘어가도록 하지."

다시 여유로운 표정으로 돌아온 혈교주가 말을 이었다. 마치 큰 은혜라도 베푸는 듯 거만한 자세로 점잖게 목소리를 깐 채였다.

교인들에게 그는 현세에 강림한 신으로 받들어지고 있었다. 그만큼 그의 능력 또한 전지전능하다고 해도 부족하지 않을 정도로 강력했다. 진운룡이 아무리 날고 긴다고 해봐야 스스로를 신이라 여기는 그에게는 한낱 인간에 불과했다.

언제든 마음만 먹으면 벌레처럼 밟아 죽일 수 있는 미천한 존재에 불과한 것이다.

피식.

진운룡이 심드렁하게 웃으며 혈교주를 바라봤다.

직접 자신의 손으로 혈마를 죽인 그였다.

그 진전을 이은 혈교주가 그의 눈에 들어올 리 없었다.

"내가 좀 바쁘니 잡설은 그만하고 먼저 하나만 묻지. 혈교의 후예라 들었다. 그렇다면 혈마와는 무슨 관계인가?"

사령들의 얼굴이 일그러졌다.

"건방진 놈!"

"저런 쳐 죽일 놈!"

사령들이 당장이라도 진운룡에게 달려들 것처럼 살기를 뿜어내며 몸을 들썩였다.

"크하하하하하!"

그때, 혈교주의 광소가 그들의 움직임을 멈췄다.

무엇이 그리 즐거운지 한참을 방장실 앞 공터가 쩡쩡 울릴 정도로 웃어 젖힌 혈교주가 핏빛 눈동자로 진운룡을 바라봤다.

"후후, 배짱이 제법이로구나. 마음에 들어……."

본래 그는 이렇게 너그러운 이가 아니었다.

그가 이렇게 진운룡의 무례에도 웃어넘길 수 있는 것은 방금 전 무림맹 정예들을 상대로 대승을 거둔 데다가, 강호제일고수라 일컬어지는 남궁진천마저 자신 앞에 무릎 꿇린 뒤라 기분이 더할 나위 없이 좋은 상태였기 때문이다.

게다가 그가 느끼기에 진운룡은 남궁진천보다 더 높은 경지에 오른 자다. 그에 맞는 대우를 해줄 가치가 있었다.

"주인이시여! 미천한 종이 저 잡종의 목을 따올 수 있도록 허락하여 주소서!"

진운룡의 도발을 참지 못한 일 사령 척진군이 거도를 앞에 세우며 혈교주에게 허락을 구했다.

"흥! 소녀가 저자의 사지를 찢어놓겠사와요!"

그에 질세라 이 사령 심유화가 붉은 입술을 혀로 핥으며 말했다.

"되었다. 내 앞에서 저토록 당당할 수 있는 자가 몇이나 될까. 오히려 오랜만에 날 즐겁게 하는 녀석이 무척 마음에 드는구나. 그리고 어차피 너희 중 누구도 저자를 홀로 상대할 수 없을 것이다."

척진군과 심유화가 승복할 수 없다는 듯 진운룡을 노려봤다.

하지만, 교주가 허락하지 않은 이상 함부로 움직일 수는 없었다.

무엇이 그리 즐거운지 얼굴 가득 미소를 띠운 혈교주가 계속해서 말을 이었다.

"후후, 날 즐겁게 해준 보답으로 너의 질문에 대답을 해주마."

혈교주가 의외로 진운룡의 질문에 순순히 답했다.

"너의 말대로 우리는 혈교의 후예들이며, 혈마께서 남기신 유지를 계승하는 자들이 맞다. 당연히 혈마께선 교의 조사(祖師)이시며 피의 근원이시니라."

자랑스러운 얼굴로 말하는 혈교주를 보며 진운룡이 고개를 끄덕였다.

"그렇다면 혈신대법 역시 혈마에게 전수받은 것이겠군……."

그 이야기는 혈신대법을 푸는 방법 역시 알고 있을 가능성이 높다는 것이다.

'하지만 그냥은 이야기할 리 없겠지…….'

진운룡이 묻는다고 혈교주가 혈신대법을 푸는 방법을 친절히 알려줄 리가 없었다.

결국 제압해서 강제로 입을 열게 만드는 수밖에 없는 것이다.

진운룡의 혼잣말에 혈교주의 두 눈에 이채가 일었다.

"보고를 듣고 전부터 궁금했던 것인데, 네 녀석은 대체 혈신대법이란 이름을 어찌 아는 것이냐? 분명 지금 강호에는 이를 아는 자들이 거의 존재하지 않을 터인데."

혈신대법에 대해 알고 있었던 이들은 혈교의 수뇌부와 정사마 무림인들 중에서도 각 문파의 수장급 정도에 불과했다.

게다가 혈마에 의해 중원 무림이 피에 잠기고, 수많은 목숨이 참혹하고 잔인하게 사라진 이후, 강호인들에게 혈신대법은 금기시되는 단어가 됐다.

혈신대법이란 단어는 그들에게는 지옥의 사신과도 같던 혈마를 다시 떠올리게 하고, 그가 벌였던 혈겁의 기억을 되살렸기 때문이다.

그로부터 무려 백오십 년 가까이 흐른 지금, 구대문파나 세가는 물론 마교와 사파의 거대 문파들과도 아무 연고가 없는 진운룡으로부터 그 이름이 다시 거론된 것이다.

당연히 의문을 품을 수밖에 없었다.

"게다가 피의 권능은 또 누구에게 받은 것이냐?"

더욱이 그는 혈마의 후예가 아님에도 불구하고 피의 권능을 사용하고 있었다.

사실 혈교주가 진운룡을 당장에 죽이지 않은 것은 진운룡이 피의 권능을 사용한다는 보고를 들었기 때문이기도 했다.

만일 진운룡이 자신들과 같이 혈신대법을 받은 자라면 그 능력이 얼마나 될지 확신할 수 없기도 했고, 누군가 진운룡에게 혈신대법을 펼쳤다면 분명 그 배후가 있을 가능성이 높았기 때문이다.

또한, 정보에 의하면 육 사령 홍혜란이 진운룡과 부딪 혔던 당시 조우한 동창의 무리 역시 피의 권능을 사용했 다고 했다.

하지만 진운룡과는 오히려 적대시했다고 하니, 그것은 곧 피의 권능과 혈신대법을 알고 있는 최소 세 개의 세력 이 존재한다는 이야기였다.

일반 무인들이라면 우습게 여기는 그들이었으나, 피의 권능을 사용하는 자들이라면 쉽게 볼 상대가 아니었다.

게다가 진운룡이 빠져나왔다는 혈귀곡이라는 이름도 무척 걸렸다. 사람의 피를 빨아먹는 혈귀가 산다는 이야 기 자체가 혈신대법을 연상시켰기 때문이다.

혹시라도 혈귀곡이라는 곳이 혈신대법을 사용하는 또 다른 무리의 근거지일 가능성도 배제할 수 없었다.

그렇다면 진운룡을 통해 그 정보를 확실히 알아내야만 했다.

그때, 진운룡이 천천히 입을 열었다.

"아무리 생각해도 말이지……."

무언가 고민하는 듯 눈살을 찌푸리며 잠시 뜸을 들이던 진운룡이 말을 이었다.

"우리가 더 이상 귀찮게 말을 섞을 이유가 없는 것 같군."

방장실 앞마당이 순간 정적에 휩싸였다.

3장
혈천제혼마령진
(血天制魂魔靈陣)

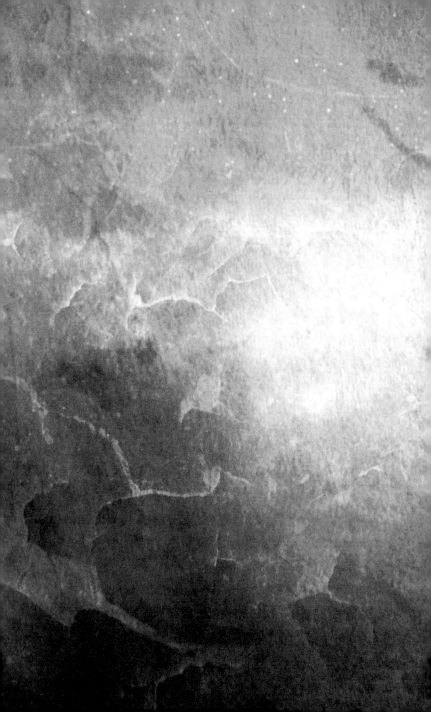

그간 여유롭던 혈교주의 얼굴도 이번에는 딱딱하게 굳어버렸다. 사령들이 분노를 넘어서 어이가 없다는 얼굴로 진운룡을 노려봤다.

석상처럼 굳어 있던 혈교주의 두 눈에서 혈광이 뿜어져 나왔다.

"놈! 내 관대함이 네놈에게는 너무 만만하게 보였던 모양이구나!"

일갈과 함께 혈교주를 중심으로 거대한 기운이 뿜어져 나왔다.

우우우웅!

순식간에 대기가 끓어오르듯 진동했고, 태산과도 같은 압력이 사위를 내리눌렀다. 사령들 역시 흉성을 드러내며 진득한 살기를 뿜어냈다.

동시에 진운룡 역시 기세를 끌어올렸다.

구구구구궁!

마치 물살이 갈라지듯 진운룡을 중심으로 혈교주와 사령들이 뿜어낸 기운들이 갈라져 나갔다.

혈교주의 두 눈에서 혈화(血火)가 피어올랐다.

"권주를 마다하고 벌주를 마시는구나! 내 오늘 네 녀석에게 하늘 위에 또 다른 하늘이 있음을 가르쳐 주마! 혈천제혼마령진(血天制魂魔靈陳)을 펼쳐라!"

겉으로 분노를 드러내고 있었으나 혈교주의 내면은 오히려 냉정하고 차가웠다. 그는 결코 어리석은 자가 아니었으며, 진운룡이 남궁진천보다 고수임을 확신하고 있었다.

그 가장 큰 근거는 진운룡이 혈귀곡에서 살아나온 자라는 사실이었다.

그것이 말해주는 것은 둘 중 하나였다.

진운룡이 오랫동안 혈귀곡을 사대금지로 불리게 만들었던 주인공인 혈귀 본인이거나, 그 혈귀를 제압하고 살아나온 자이거나.

물론, 혈귀가 존재한다는 가정 하에서다.

만약 혈귀가 존재하지 않는다 해도 수많은 고수들을 삼켜버린 혈귀곡의 유일한 생존자라는 사실만으로도 진운룡은 충분히 강력한 존재였다.

그렇다고 혈교주 자신이 질 것이라고 생각지는 않았다.

그는 조금만 있으면 인간의 경지를 벗어날 수 있는 지고한 경지에 이른 이였기 때문이다.

그들의 조사가 행했던 진정한 혈신대법을 완성하면, 말 그대로 혈신(血神)이 될 것이다.

인간의 무공을 익힌 자들은 아무리 고수라 해도 그의 눈에 들어오지 않았다.

하지만, 호랑이는 토끼를 잡을 때에도 최선을 다하는 법.

해서 진운룡을 잡기 위해 특별히 준비한 것이 바로 이 혈천제혼마령진이었다.

어차피 처음부터 진운룡이 고분고분 자신의 말을 따르리라고는 생각지 않았던 것이다.

혈교주의 명이 떨어지자 기다렸다는 듯이 삼 사령—세 명의 동자승이 중원의 말이 아닌 괴이한 주문을 외우기 시작했다.

그들은 본디 서장의 라마승들이었는데, 세쌍둥이로 태어날 때부터 서로의 의식을 공유할 수 있는 특이한 능력을 가지고 있었다.

그래서 그들은 셋이었지만, 동시에 하나이기도 했다.

우우우우우————!!

주문 소리가 울려 퍼짐과 동시에 귀곡성이 허공을 뒤덮었다.

"우선 이 혈천제혼마령진을 벗어나 보거라. 그리하면 나와 맞설 수 있는 기회를 주마!"

쿠르릭! 쿠르릭!

그때, 귀에 거슬리는 소리와 함께 장대에 매달린 동자승의 시신이 기포가 일듯 우글거리며 부풀어 올랐다.

쿠륵, 쿠르륵! 퍼억!

점점 부풀어 오르던 시신의 피부가 어느 순간 터져 나가며 핏물이 뿜어져 나왔다. 이미 많은 양이 바닥에 흘러내렸는데도 어디서 그런 피가 남아 있었는지 신기할 지경이었다.

곧이어 땅 위에 흥건하던 핏물과 시신에서 뿜어져 나온 피가 줄기를 이루며 허공으로 치솟았다. 마치 용틀임하듯 솟아오른 핏줄기들은 서로 교차하며 마당 위 하늘을 그물처럼 뒤덮었다.

심상치 않은 조짐에 진운룡의 두 눈동자가 깊게 가라

앉았다. 이미 혈마가 펼쳤던 혈신대법으로 인해 영겁(永劫)의 저주를 안게 된 그였기에 이들이 펼치는 술법에 대해 그만큼 경각심을 가질 수밖에 없었다.

그 저주의 결과가 피를 탐하며 죽지도 못하는 괴물로 변해버린 지금의 자신이 아니던가.

키이이이이잉!

크아아아아!

끼아아아악!

괴이한 비명 소리가 울려 퍼지며 마당은 끈적한 핏빛 기운이 눈으로 확인할 수 있을 정도로 가득 찼다.

손으로 만지면 묻어날 듯한 핏빛 기운이 꿈틀거리며 요동쳤다.

구우우웅!

마치 거대한 생명체처럼 장내를 유동하던 핏빛 기운이 어느 순간 몇 갈래 줄기로 뭉치기 시작했다.

잠시 후, 용틀임하던 핏빛 기운 줄기가 빠른 속도로 사령들에게 빨려 들어갔다.

콰콰콰콰콰!

마치 폭포가 쏟아지는 듯한 굉음과 함께 기운은 끊임없이 사령들의 정수리로 흡수됐다.

그와 함께 사령들의 기세가 변하기 시작했다.

드드드드드!

눈자위까지 혈안으로 변한 사령들이 전보다 대여섯 배는 강한 기운을 뿜어냈다.

"놈의 배후를 캐내야 하니 죽이지는 마라!"

혈교주의 말이 떨어짐과 동시에 사령들이 진운룡을 향해 쏘아져 갔다.

"이때를 기다렸다, 애송이 놈! 그 재수 없는 면상을 도려내주마!"

삼 척 가까이 길게 늘어난 손톱을 휘두르며 추노가 가장 먼저 달려들었다.

진한 붉은 강기가 선명하게 덮여 있었다.

"호호호! 더러운 늙은이, 그놈의 예쁜 머리는 내 것이니 건들지 말라고!"

심유화가 송곳니를 드러내며 그 뒤를 바싹 쫓았다.

그녀의 핏빛 머리카락이 먹이를 노리는 뱀처럼 진운룡에게 쏘아졌다. 수많은 소림승들을 도륙했던 바로 그 머리카락이었다.

두 사람의 공격이 코앞에 다가왔음에도 진운룡은 미동조차 하지 않았다. 그저 깊게 가라앉은 눈으로 그들의 움직임을 쫓을 뿐이었다.

"그 기분 나쁜 눈깔을 뽑아주마!"

추노의 오른 손톱이 칼처럼 진운룡의 눈을 노렸다.

막 추노의 손톱이 진운룡의 눈을 찌르려는 순간.

까가가강!

귀를 찢는 금속성이 울리며 추노의 신형이 뒤로 튕겨져 나갔다. 진운룡의 오른손에는 한 자루 청강검이 쥐어져 있었다. 어느새 검을 뽑은 진운룡이 추노의 손톱을 위로 쳐낸 것이다.

"힘이 달리면 비켜! 늙은이!"

추노가 미처 다시 자세를 잡기도 전에 심유화가 파고들었다. 그녀의 핏빛 머리카락이 두 갈래로 나뉘어 진운룡의 심장과 단전을 노렸다.

마치 밧줄처럼 꼬인 머리카락이 엿가락처럼 쭈욱 늘어나며 쏘아졌는데, 공기를 찢어발기며 섬뜩한 파공음을 냈다.

치아아악!

추노의 손톱을 쳐내기 위해 진운룡은 검이 머리 쪽으로 올라가 있는 상황이었다.

검을 휘둘러 막기에는 시간이 모자라 보였다.

바로 그때, 진운룡의 신형이 마치 연기처럼 뿌옇게 흐려졌다.

파파팍!

심유화의 머리카락이 진운룡의 흐릿해진 신형을 그대로 관통했다. 하지만 아무것도 느껴지는 게 없었다.

"아래!"

척진군의 외침에 심유화가 급히 시선을 밑으로 내렸다.

어느새 자세를 낮춘 진운룡이 검으로 심유화의 두 다리를 베고 있었다.

"크윽!"

심유화가 다급히 머리카락을 아래쪽으로 쏘아냈으나, 진운룡의 움직임에 비해 많이 모자랐다.

그러나, 순간 진운룡이 갑작스럽게 뒤로 급히 물러났다.

콰콰콰콰쾅!

곧이어 방금 전까지 진운룡이 머물던 자리가 화탄이 터진 듯 폭발했다.

놀랍게도 하늘을 뒤덮던 핏물들이 마치 살아 있는 것처럼 떨어져 내려 진운룡을 공격한 것이다.

"허……!"

진운룡이 약간은 어이없는 듯 허공으로 시선을 향했다.

그곳에는 동자승들의 시신으로부터 뿜어져 나온 핏줄기가 그물처럼 엮여 있었는데, 이빨을 드러낸 뱀처럼 꿈틀대며 아래쪽을 노리고 있었다.

진운룡이 미간을 찡그렸다.

사령들만 상대해야 하는 것이 아니라 머리 위 핏물까

지 신경 써야 하는 상황이었다. 게다가 핏물의 공격은 살기마저 느껴지지 않았다.

의지를 가지고 있지 않으니 당연한 일이었다.

아마도 세 라마승들이 핏물을 조정하는 듯했다.

"조금 귀찮군."

진운룡이 짜증이 묻어나는 목소리로 세 라마승을 바라봤다.

"어디다 한눈을 파느냐!"

그때, 진운룡의 뒤쪽에서 날카로운 기운이 목 한가운데 대추혈(大椎穴)을 노리고 쏘아져 왔다.

고개를 숙인 진운룡의 머리 위로 핏빛 혈륜(血輪)이 스치듯 지나갔다.

"쥐새끼 같은 놈!"

회심의 공격이 빗나가자 오 사령 백윤이 안타까운 듯 얼굴을 일그러뜨렸다.

"잡았다!"

바로 그 순간, 진운룡의 머리 위로 길이가 무려 삼 장여에 이르는 거대한 강기 덩어리가 떨어져 내렸다.

백윤이 혈륜을 쏘아낼 때 허공으로 뛰어오른 일 사령 척진군이 그대로 강기가 어린 도를 내려찍은 것이다.

불황 공지를 날려버렸던 바로 그 무시무시한 도강이

었다.

콰아아아앙!

도강이 작렬하며 강력한 폭발이 일어났다.

폭발에 휘말린 다른 사령들조차 십여 장 밖으로 튕겨 나갔을 정도였다.

진운룡도 갑작스러운 공격을 피하지 못했는지 폭발이 일어난 곳 밖으로 벗어나지 못했다.

사령들은 이번 공격으로 인해 진운룡이 죽거나 최소한 회생 불능의 타격을 받았을 것이라 믿어 의심치 않았다.

십이천의 하나였던 공지도 속절없이 튕겨 나갔던 일수였다. 게다가 지금은 진법의 영향으로 그 위력이 몇 배나 더 강해진 상태였다.

그런 무시무시한 공격을 인간이 받아낼 수 있을 리가 없었다.

하지만, 잠시 후 섬광과 흙먼지가 흩어지고 폭발 중심지의 모습이 드러난 순간, 그들의 기대는 여지없이 무너졌다.

"저, 저런 괴물 같은……." 추노가 믿을 수 없다는 듯 눈을 부릅떴다.

삼 장이 넘는 도강이 어린 척진군의 도를 진운룡은 고작 삼 척도 되지 않는 검 한 자루로 미동도 없이 막아내고 있었던 것이다.

더욱 놀라운 점은 진운룡의 검에는 강기조차 어려 있지 않았다. 오로지 검날만으로 척진군의 도강을 막아낸 것이다.

"허! 대단하군. 강기를 사용하지도 않고 군이의 도강을 막다니."

도저히 믿기지 않는 모습에 혈교주도 진심어린 탄성을 토해냈다.

그러나, 그의 표정에는 아직 여유가 묻어나고 있었다.

이미 남궁진천보다 강할 것이라 예상했기에 이정도 능력은 충분히 발휘할 것이라 생각했기 때문이다.

"내 목을 자르겠다고?"

진운룡이 척진군을 보며 씨익 웃었다.

척진군의 얼굴이 일그러졌다.

찌르르릉!

순간, 진운룡이 손목을 살짝 비틀어 검을 진동시켰다.

그것은 눈에 보일 듯 말 듯할 정도로 아주 미세했다.

하지만, 그 결과는 결코 미세한 것이 아니었다.

쩌어어어엉!

폭음과 함께 진운룡의 검과 척진군의 도강이 맞닿아

있던 공간이 팽창하며 터져 나갔다.

"크윽!"

강력한 기파에 척진군이 허공으로 튕겨졌다.

그는 경악 어린 얼굴로 진운룡을 노려봤다.

진운룡의 검은 마치 잠자리 날개처럼 파르르 떨며 은은한 기파를 흘리고 있었다.

얼핏 느끼기엔 부드럽고 산들바람처럼 가벼웠는데, 직접 맞닿은 순간 화탄이 터진 듯 강력한 충격이 척진군을 때렸다.

도강으로 막았기에 상처를 입지 않았을 뿐이지 만일 그대로 직격을 당했다면 큰 타격을 입었을 것이다.

튕겨 나간 척진군이 미처 허공에서 자세를 잡을 틈도 없이, 진운룡의 신형이 섬전처럼 쏘아졌다.

파악! 슈악!

라마승들이 움직인 십여 개의 핏줄기가 진운룡의 앞을 막으며 쏘아져 왔다.

순식간에 진운룡의 전면이 핏줄기들로 촘촘하게 채워졌다.

진운룡이 계속 척진군에게 돌진한다면 핏줄기에 온 몸이 조각나고 말 것처럼 보였다.

하지만, 그 순간 진운룡의 몸이 흐릿해졌다.

움직임이 빨라 잔상이 남은 것이 아니었다.

분명 그곳에 있는데 그의 신형이 흐릿해진 것이다.

그러자 놀랍게도 공간이 일그러지기라도 한 듯, 진운룡의 흐릿한 신형을 중심으로 핏줄기들이 곡선을 그리며 휘어졌다.

그 움직임은 마치 일부러 핏줄기들이 진운룡을 피하려는 것처럼 보였다.

그 공간을 통과한 진운룡이 그대로 척진군에게 쏘아져 갔다.

그 모든 것이 그야말로 눈 깜짝할 사이에 이루어져서 척진군이 진운룡의 움직임을 파악했을 때는 이미 검이 코앞에 모습을 드러낸 뒤였다.

그는 아직 흐트러진 자세조차 제대로 잡지 못한 상태였다.

척진군의 두 눈이 흔들렸다.

그는 진운룡에 대한 자신의 판단이 잘못 되었음을 인정할 수밖에 없었다.

혈천제혼마령진으로 몇 배나 강해진 그였다. 게다가 다른 사령들과 합공을 하고 있음에도 불구하고 우위를 잡기는커녕 형편없이 밀리고 있었다.

"이익!"

이를 악물며 척진군이 도를 휘둘렀다.

어차피 진운룡의 검을 피할 수는 없었다.

그렇다면 남은 방법은 하나, 동귀어진(同歸於盡)뿐이었다.

척진군의 도가 횡으로 긴 반원을 그렸다.

진운룡의 검이 척진군의 심장을 꿰뚫는 순간 그의 도는 진운룡의 허리를 반 토막 낼 것이다.

츄아아아악!

척진군의 도가 바람을 가르고 진운룡의 신형이 위아래로 분리되었다.

한데, 진운룡의 검이 노리던 척진군의 심장에는 아무런 느낌도 없었다. 더불어 그의 도에 걸린 것 역시 없다.

그의 도는 진운룡의 잔상을 가른 것이다.

퍼퍼퍼퍽!

순간 진운룡의 잔상이 있던 곳에 다섯 줄기 혈선이 떨어져 내렸다.

"삼 사령!"

삼 사령, 세 명의 라마승들이 조종하는 허공의 핏줄기가 다시 한 번 그의 목숨을 구해준 것이다.

'그렇다면 놈은 어디에!'

척진군이 의아한 눈으로 진운룡을 찾았다.

쩌어어엉!

순간, 좌측에서 파공음이 들려왔다.

"크아악!"

백윤이 피 분수를 뿌리며 마당에 떨어져 내리고 있었다.

그의 단전에는 주먹만 한 구멍이 뚫려 있어 회생이 불가능해 보였다.

그 앞에는 어느새 진운룡이 유령처럼 모습을 드러내고 있었다.

모두의 시선이 척진군에게 향한 순간 어느새 백윤을 공격한 것이다.

사령들의 눈으로도 진운룡이 어떻게 움직였는지조차 파악하지 못했다.

"조심해라!"

이제는 혈교주의 얼굴에도 여유가 사라졌다.

물론 그도 평상시라면 얼마든지 혼자서 사령들을 제압할 수 있었다.

하지만, 혈천제혼마령진이 펼쳐진 상태라면 다르다. 사령들을 저토록 여유 있게 가지고 놀 수 있을 것이라 장담할 수 없었다.

"크악!"

비명 소리가 들린 곳에서는 심유화의 머리카락과 척진군의 도 사이로 미끄러지듯 움직인 진운룡이 추노의 왼쪽 어깨에 깊은 검상을 남기고 있었다.

쩍 벌어진 추노의 어깨에서 검붉은 피가 솟구쳐 올랐다.

검을 휘두른 진운룡을 노리고 수십 줄기의 혈선들이 떨어져 내렸지만, 그의 잔상만 훑을 뿐이었다. 너무도 빠른 진운룡의 움직임에 진법은 이미 무용지물이 되어 버렸다.

몇 배로 증폭된 사령들의 능력조차도 진운룡에게는 아무런 걸림돌이 되지 못했다.

"이놈!"

안 되겠다 싶었는지 혈교주가 직접 나섰다.

이대로라면 자신의 수하들이 모두 전멸하고 말 것이다.

그렇게 된다면 진운룡을 잡는다 해도 혈교에 너무 큰 타격이었다.

더 이상 수수방관만 하고 있을 수 없었다.

혈교주가 손을 뻗자 허공에 다섯 개의 혈륜이 모습을 드러냈다. 그 크기나 느껴지는 기세가 오 사령 백윤이 만들어낸 것과는 비교도 안 되는 강력한 혈륜이었다.

핏빛으로 빛나는 혈륜이 진운룡을 향해 쏘아졌다.

막 추노의 목을 베어가던 진운룡이 심상치 않은 기운을 느끼고는 신형을 뒤로 물렸다.

쉬쉬쉬쉬쉭!

그 앞을 다섯 개의 혈륜이 스치듯 지나갔다.

혈륜이 지나간 자리의 대기가 소용돌이 칠 정도로 강력한 위력을 가지고 있었다.

게다가 그것으로 끝이 아니었다.

저만큼 멀어지던 혈륜이 갑자기 방향을 틀어 다시 진운룡이 움직인 곳을 향해 쏘아져 왔던 것이다.

하지만, 진운룡은 마치 예상이라도 한 듯 차분한 눈빛으로 검을 움직였다.

순간, 커다란 원을 그린 진운룡의 검이 투명한 검막을 만들었다.

콰콰쾅!

다섯 혈륜이 검막과 충돌하며 기파가 주변을 휩쓸었다.

그 여파에 진이 지진이라도 난 듯 흔들렸다.

그러나, 그 강력한 충돌에도 진운룡은 본래의 자리에서 미동도 없었다. 그의 몸에는 상처는커녕 폭발로 인한 흙먼지조차 묻어 있지 않았다.

다섯 혈륜은 진운룡의 검막을 뚫어내지 못했던 것이다.

혈륜을 날린 혈교주가 격노한 얼굴로 진운룡을 노려봤다.

"이놈! 내가 네놈을 너무 얕봤구나! 이제부터 경시하지 않고 제대로 상대해 주마!"

"그런 이야기도 너무 들으니 이젠 식상하군. 나를 만나는 녀석들마다 다 똑같은 대사만 내뱉으니 귀에 딱지가 앉을 지경이야."

진운룡이 귀찮다는 듯 귀를 후볐다.

실제로 그는 조금씩 이 싸움이 지루해지고 있었다.

사령들의 실력이 제법 상당했으나, 십이천과 그다지 큰 차이가 나지 않았다.

"건방진 놈!"

다시 한 번 예상과 다르지 않은 대사가 혈교주의 입에서 흘러나왔다.

"모두 물러서라! 내가 놈을 상대하겠다!"

혈교주의 명에 척진군과 심유화가 즉시 중상을 입은 추노와 백운을 데리고 뒤로 물러섰다.

진운룡은 특별히 그들을 제지하지 않고 그대로 내버려 두었다. 어차피 그의 목적은 혈교주였기 때문에 나머지 사령들은 관심 밖이었다.

우르르릉!

그때, 앞으로 나선 혈교주가 손을 들어 올리자 마치 천둥이 치듯 대기가 진동하며 허공을 가득 메운 핏줄기들이 요동쳤다.

그러고는 두 눈이 혈안으로 변한 혈교주의 손으로 핏줄기들이 빨려 들어가 기다란 형태를 이루기 시작했다.

점점 형태를 이루어가던 핏줄기가 결국 만들어낸 것은 바로 한 자루 혈도(血刀)였다.

당장에라도 핏물이 뚝뚝 떨어져 내릴 것 같은 혈도가 시뻘건 광채를 뿜어내며 혈교주의 오른손에 모습을 드러낸 것이다.

"이것은 혈령도(血靈刀)라 한다. 동자승 오십 명의 피와 혼으로 이루어진 도이니라. 남궁진천도 구경 못해봤던 것이니 네놈은 영광으로 알거라!"

핏빛 광망을 줄기줄기 뿜어내며 혈교주가 혈령도를 앞으로 향해 진운룡을 겨누었다.

스으으—!

진운룡의 두 눈에 이채가 일었다.

단지 도첨(刀尖)이 향했을 뿐인데, 세상이 반으로 갈리는 듯한 느낌이다. 확실히 지금껏 상대해 왔던 자들과는 차원이 다른 경지였다.

그 또한 경시하지 못하고 검을 들어 올렸다.

반으로 갈렸던 세상이 다시 넷으로 쪼개져 나갔다.

진운룡의 청강검에서 일어나는 기세와 혈령도의 기운이 얽히며 두 사람 사이의 공간이 소리 없이 분열했다.

혈교주는 도를 겨눈 채 쉽게 움직이거나 초식을 펼치지 못했다. 그만큼 진운룡에게서 빈틈이 보이지 않았던 것이다.

제법 강하긴 했지만, 자신에게 미치지 못했던 남궁진천 때와는 전혀 달랐다.

이렇게 도와 검을 마주하고 보니 진운룡의 강함이 더욱 크게 느껴졌다.

'마치 바다 한가운데 홀로 선 것 같군!'

구우우우우!

보이지 않는 기의 파도가 두 사람 사이를 휘몰아치고 있었다.

진운룡 역시 사령들을 상대할 때처럼 섣불리 움직이지 않았다. 하지만 눈빛만은 변함없이 차분하고 깊었다.

그 눈빛이 혈교주의 기분을 상하게 했다.

'나를 상대하면서도 부동심을 유지하다니!'

그것은 곧 진운룡이 지금의 기세 싸움에서 조금의 압박도 느끼고 있지 않다는 이야기였다.

하지만, 혈교주 역시 쉽게 흔들리지는 않았다.

그 역시 이미 경지를 벗어나 부동심에 이른 자였다.

파지직!

기운이 충돌하자 두 사람 사이의 공간 곳곳에서 뇌전이 일었다.

뇌전이 점점 커지고 그 극에 달한 순간, 혈교주가 먼저 도를 움직였다.

마치 환영이 일어나듯 혈령도의 도첨이 원을 그리며 분열했다.

그 원을 따라 수십의 혈령도가 모습을 드러냈고, 그 핏빛 도의 그림자들이 섬전처럼 진운룡을 향해 쏘아졌다.

끼이이잉!

발출된 도영(刀影)의 너무도 빠른 속도에 주변의 공기가 쇳소리를 내며 갈려나갔다.

수십 개의 도영은 진운룡의 사혈(死血)들을 노렸다.

진운룡의 두 눈동자가 마치 얼음이라도 삼킨 듯 차가워졌다.

동시에 진운룡을 중심으로 공간이 일그러지기 시작했다.

놀랍게도 그 순간 진운룡 코앞까지 다가왔던 도영(刀影)들이 마치 물고기를 피해 흐르는 강물처럼 진운룡의 좌우로 흘러 지나가 버렸다.

"흥!"

하지만, 그게 전부가 아니었다.

진운룡이 도영들을 흘려내는 순간에 어느새 혈교주의

신형이 코앞까지 다가와 있었다.

슈욱!

섬전처럼 뻗은 혈령도가 진운룡을 그대로 꿰뚫었다.

잠깐 동안 회심의 미소를 지었던 혈교주의 얼굴이 일그러졌다.

혈령도가 관통한 진운룡의 육신이 흐릿하게 흩어졌던 것이다.

"놈!"

혈교주가 급히 머리위로 도를 들어 올리는 순간 허공에서 눈부신 광채가 폭발했다.

번쩍!

콰아아아!

"으읍!"

진기를 끌어올린 혈교주를 중심으로 빛줄기가 갈라져 나갔다.

한데, 빛줄기 속에서 갑자기 한 자루 검이 쑤욱 나타나 혈교주의 목을 향해 쏘아졌다.

"허억!"

갑작스런 공격에 헛바람을 켠 혈교주가 다급히 뒷걸음질 쳤다. 그의 얼굴엔 낭패감이 어려 있었다.

그 뒤를 진운룡이 바싹 따라붙었다.

마치 날개라도 달린 듯 허공을 미끄러지며 연속해서

검을 휘둘렀다.

파파팟!

동시에 수십 가닥의 빛줄기가 혈교주를 향해 쏘아져 나갔다.

빛줄기를 보는 혈교주의 두 눈에서 광망이 뿜어져 나왔다.

처음 충돌에서 이미 그 위력이 만만치 않음을 확인했기 때문이다.

"하압!"

눈을 부릅뜬 혈교주가 기합을 내지르는 순간, 혈령도가 다시 한 번 분열했다.

파라라락!

분열된 핏빛 도영들이 부챗살이 펼쳐지듯 원을 그리며 혈교주의 앞을 막았다.

콰콰콰콰쾅!

폭음과 함께 빛줄기와 도영들이 사방으로 비산(飛散)했다.

"허억!"

"우웃!"

갑자기 덮쳐온 강기의 파편들을 피하기 위해 사령들이 급히 몸을 뒤로 날렸다.

마치 지진이 난 것처럼 갈라진 땅바닥이 파편의 위력

이 얼마나 강력한지 알려주고 있었다.

그들은 예상과 달리 진운룡에게 혈교주가 밀리자 조바심이 일었다.

당장에라도 달려들어 그들의 주인을 돕고 싶었으나, 두 사람의 싸움은 그들이 끼어들 수준을 훌쩍 넘어서고 있었다.

결국 사령들은 이러지도 저러지도 못한 채 불안한 마음으로 두 사람의 대결을 지켜볼 수밖에 없었다.

"크윽!"

진운룡의 공격이 쉴 틈을 주지 않고 계속 이어지자, 결국 혈교주가 한 가닥 신음을 토해냈다.

처음의 당당하던 그것과 달리 몹시도 일그러진 표정이 그의 현 상황을 너무도 잘 말해주고 있었다.

혈교주는 믿고 싶지 않지만 진운룡이 자신보다 더 뛰어난 실력을 가지고 있음을 인정할 수밖에 없었다.

'어떻게 이런 괴물이 존재할 수 있단 말인가!'

그는 경악스러운 마음으로 머리를 굴렸다.

이대로 계속 수세에 몰리게 된다면 승패가 진운룡 쪽으로 기울고 말 것이 분명했다.

무리를 해서라도 지금 상황을 반전시킬 필요가 있었다.

혈교주가 이를 악물었다.

순간, 그의 왼손에 혈령검 한 자루가 더 생겨났다.

"하압!"

두 개의 혈령검을 쥔 혈교주가 큰 기합을 내뱉음과 동시에 혈령검의 붉은 기운이 두 배로 늘어났다.

핏줄이 불거진 얼굴을 보면 혈교주가 현재 자신의 기운을 최대한 쥐어짜고 있다는 사실을 알 수 있었다.

쩌저저정!

혈교주가 두 자루의 혈령검을 휘두르기 시작하자 진운룡과의 공방에서 더는 뒤로 밀리지 않고 맞설 수 있었다.

자신의 주인이 다시 일어선 것을 본 사령들의 창백해졌던 얼굴빛도 곧장 살아났다.

"크아아아! 어떠냐! 네놈이 과연 이것도 받아낼 수 있는지 보자!"

혈교주가 괴성을 지르며 두 자루 혈령도를 폭풍처럼 휘둘렀다.

진운룡의 검과 혈령도가 부딪히며 핏빛 기운이 줄기줄기 뻗어나갔다.

한 자루 혈령도를 휘두를 때와는 비교할 수조차 없는 어마어마한 위력에 그간 지속적인 공격을 퍼붓던 진운룡이 뒤로 밀려났다.

하지만, 그 와중에도 진운룡의 두 눈은 차갑게 가라앉

아 있었다.

반면 밀어붙이고 있는 혈교주의 표정은 밝지 못했다.

무리하게 기운을 운용해서 두 자루의 혈령도를 만들어 낸 탓에 그것을 유지할 수 있는 시간이 길지 않았기 때문이다.

우위를 잡았을 때 어서 끝장을 내야 했다.

"크압!"

기합을 토해내며 공격에 박차를 가하려던 혈교주가 갑자기 우뚝 멈춰 섰다.

그의 두 눈은 부릅떠져 있는 상태로 자신의 오른팔을 향하고 있었다.

혈령도를 잡은 오른팔이 어느새 잘려져 피를 뿌리며 허공으로 떠오르고 있었다.

"대, 대체!"

어떻게 된 것인지 인지하지도 못했다.

"이제 그만 끝낼 때가 되었군."

들려오는 목소리에 놀라 급히 돌렸을 때는 어느새 진운룡의 서슬 퍼런 두 눈이 코앞에 다가와 있었다.

퍼어엉!

진운룡의 왼손 손바닥이 혈교주의 가슴 한가운데에 작렬했다.

신음을 토해내기도 전에 혈교주의 신형이 뒤로 튕겨져

날아갔다.

콰앙! 쾅!

실 끊어진 연처럼 날아간 혈교주가 방장실 기둥과 벽을 부수고 건물 안쪽에 처박혔다.

혈교주는 지금 상황을 도무지 이해할 수 없었다.

'남궁진천마저 굴복시켰던 내가, 고작 저런 녀석에게!'

"쿨럭!"

쓰러진 혈교주가 입에서 피를 한 주먹이나 토해냈다.

그의 몰골은 말이 아니었다.

잘려져 나간 팔은 물론, 갈비뼈가 부러지고 내장까지 상하는 중상을 입었다.

게다가 진운룡이 무슨 수법을 쓴 것인지 가슴에 장력을 맞은 뒤로 기혈이 온통 뒤틀리고 내력을 모을 수가 없었다.

이미 인간의 경지를 넘어서 내외의 조화를 이룬 그였기에 이런 상황은 너무도 낯설고 낭패스러웠다.

이 상태라면 진운룡의 다음 공격을 막아낼 방법이 없었다.

"주인이시여!"

"교주님!"

그때, 사령들이 다급히 진운룡을 막아섰다.

그들의 얼굴에는 경악과 두려움이 동시에 어려 있었다.

신이라 믿었던 혈교주가 무너졌다는 사실이 그들을 공황 상태에 빠뜨렸고, 그 결과를 가져온 진운룡의 무시무시한 신위에 공포를 느낀 것이다.

하지만, 그들은 오로지 주인을 지켜야 한다는 일념으로 진운룡에게 달려들었다.

"나와 이 사령이 놈을 막을 동안 삼 사령들은 교주님을 피신 시켜라!"

일 사령 척진군이 진운룡을 향해 도강을 쏘아내며 외쳤다.

일 사령의 외침을 들은 세 명의 라마승이 그들이 유지하던 진을 포기하고 급히 교주를 향해 달려갔다.

그들의 모습을 본 진운룡이 척진군의 도강을 가볍게 피해낸 후 혈교주를 향해 신형을 날렸다.

"어딜!"

그때, 심유화가 진운룡의 앞을 막아섰다.

쉬쉬쉬쉬쉭!

악귀의 형상으로 변해 버린 그녀가 칼날 같은 머리카락을 사방으로 날렸다.

진운룡의 모든 움직임을 봉쇄하기 위해서였다.

수백 가닥의 머리카락이 사방을 포위하자 진운룡의 움

직임도 멈출 수밖에 없었다.

그의 눈썹 끝이 위로 치켜 올라갔다.

여기까지 와서 다 잡은 혈교주를 놓칠 순 없었다.

"후읍!"

진운룡이 그동안과는 다르게 크게 호흡을 들이마셨다.

휘우우우!

순간, 주변의 공기가 삽시간에 진운룡에게 빨려 들어
갔다.

"조심해! 놈이 무슨 수를 쓰려 한다!"

심상치 않음을 느낀 척진군이 심유화에게 소리쳤다.

그때였다.

번쩍!

진운룡의 두 눈에서 섬광이 빛나더니 두 사람 사이의
공간이 갑자기 좌우로 크게 벌어졌다.

두 사람이 진운룡의 기운에 밀린 것도 아니었다.

두 사람은 그 자리에 가만히 있었는데, 갑자기 그 사
이의 공간이 늘어난 것이다.

"뭐, 뭐야!"

"이런!"

두 사람의 경악성이 미처 끝나기도 전에 진운룡의 신
형이 미끄러지듯 그 공간을 빠져나갔다.

"앗! 이놈!"

척진군과 심유화가 뒤늦게 그 뒤를 쫓으려 했지만, 이미 진운룡은 혈교주의 지척에 도달해 있었다.

깜짝 놀란 라마승들이 급히 혈교주 앞을 막아섰다.

"아무래도 마음 놓고 정보를 얻으려면 일단 너희 놈들을 모조리 제압해야겠군."

귀찮은 듯 인상을 찌푸린 진운룡이 검을 휘두르자 천둥소리가 터져 나오며 대기가 진동했다.

우르르릉!

"우읍!"

"크윽!"

동시에 세 명의 라마승이 무언가에 밀린 듯 정신없이 뒷걸음질을 쳤다.

그때, 진운룡의 검이 크게 횡으로 휘둘러지며 긴 선을 그렸다.

번쩍!

검으로부터 쏘아진 한 줄기 눈부신 섬광이 미처 자세를 잡지 못한 세 라마승을 덮쳤다.

라마승들이 급히 양손을 뻗어 장력을 쏘아냈다.

"크아악!

하지만 진운룡이 쏘아낸 섬광은 라마승들의 장력을 가르고 그들의 손목마저 잘라 버렸다.

진운룡이 멈추지 않고 다시 한 번 섬광을 쏘아냈다.

서걱!

소름끼치는 절삭음과 함께 세 라마승의 수급이 피를 뿌리며 허공으로 떠올랐다.

"저, 저렇게 간단하게……!"

뒤쪽에서 진운룡을 쫓던 심유화와 척진군이 멍한 얼굴로 그 자리에 멈춰 섰다.

세 명의 라마승이 비록 그 능력이 무공보다는 술법에 특화되어 있다고는 하나, 그래도 한명 한명이 십이천에 버금가는 무위를 가지고 있었다. 게다가 셋이 합공을 했을 때는 능력이 대여섯 배로 강해진다.

그런 그들이 단 삼 초식 만에 진운룡의 검에 목이 달아난 것이다.

두 사람의 얼굴에 절망의 그림자가 드리워졌다.

애초에 진운룡은 그들이 어찌해 볼 수 있는 존재가 아니었다. 그간의 보고는 오히려 진운룡의 진정한 능력을 표현하기에는 턱없이 부족했던 것이다.

그때, 세 라마승의 목을 날린 진운룡이 두 사람을 향해 신형을 돌렸다.

그의 표정은 처음 이곳에 당도했을 때와 조금도 변함이 없었다. 단지 아무런 감정도 없는, 무섭도록 담담한 살기가 그들이 있는 공간을 지배하고 있었다.

척진군과 심유화는 살기라는 것이 이토록 담담할 수

있다는 것을 처음 알았다.

그것은 그저 두 사람을 죽이겠다는 한 가닥 의지에 불과했다.

그런데 그 의지가 그대로 이루어지리라는 것이 어쩐지 당연하게 느껴졌다.

자신들의 죽음을 당연한 것으로 느끼는 비상식적이고 기괴한 상황이 그들의 뇌리를 하얗게 지워 버리고 온몸을 얼어붙게 했다.

그러자 이미 전의를 상실한 그들에게 예의 그 섬광이 연달아 날아왔다.

쾅! 콰아앙!

척진군과 심유화가 필사적으로 마지막 발악을 해보았지만, 정신이 무너진 그들이 진운룡의 공격을 오래 버텨 낼 수 있을 리 없었다.

먼저 심유화가 머리부터 사타구니까지 세로로 양단되었고, 호신강기로 버티던 척진군도 도와 함께 육신이 터져 나가 죽었다.

진운룡은 쓰러져 있던 추노와 백윤까지 확실히 목숨을 끊었다.

어차피 살려두어서는 안 될 종자들이라 여겼기 때문이다.

주위에 있던 혈교도들은 싸움의 여파에 말려 목숨을

잃거나 이미 모두 달아나 버린 뒤였다.

어차피 머리를 잃은 잔당들은 강호인들이 알아서 처리할 것이다.

사령들을 모두 죽인 진운룡이 검을 집어넣은 후 천천히 혈교주에게로 다가갔다.

4장
혈교주의 최후

혈교주가 분노와 불신이 뒤섞인 눈빛으로 진운룡을 노려봤다.

"크으…… 네, 네놈은 대체 누구냐!"

얼마 전까지만 해도 정도 무림 최고의 고수인 남궁진천을 쓰러뜨리고 승리감을 만끽하던 그가 이런 비참한 몰골로 땅바닥에 눕게 될 줄 어찌 알았겠는가.

그것도 강호에 그 이름이 제대로 알려지지도 않은 존재에게 말이다.

혈교주는 정말로 진운룡의 정체가 궁금했다.

이런 고수가 어째서 지금까지 그 이름이 알려지지 않

은 것인가. 왜 하필 지금 나타나서 자신이 이룬 모든 것을 무너뜨린단 말인가.

게다가 피의 권능을 사용한다는 이야기를 들었는데, 오늘 대결에서 펼친 무공들은 피의 권능과 전혀 연관이 없는 것들이었다.

혈교주 입장에서는 여러 가지로 종잡을 수 없는 존재였다.

혈교주의 물음을 무시한 채 진운룡은 무심한 눈으로 혈교주를 내려다봤다.

"내가…… 혈신지체(血神之體)만 이루었어도……."

혈교주가 이를 악물며 분함을 삼켰다.

혈신지체(血神之體)는 혈신대법을 통해 다다를 수 있는 궁극의 경지다.

백오십 년 전 온 강호를 혈교의 깃발 아래 무릎 꿇렸던 그들의 사조 혈마가 이르렀던 경지다.

그동안 모아온 피의 제물들은 모두 이 혈신지체를 완성하기 위해서였다.

이제 조금만 있으면 혈신지체를 완성할 만큼의 제물이 모두 채워지게 된다.

혈교주는 자신이 만일 혈신지체를 이룬 후 진운룡을 만났다면 상황은 지금과 반대가 되었을 것이라 믿어 의심치 않았다.

"혈신지체?"

혈신지체라는 말에 진운룡이 반응했다.

제갈여령과 혈교와 혈신대법에 관해 꽤 오랫동안 조사했던 그였지만, 생소한 단어였다.

하지만, 이름만 들어도 분명 혈신대법과 관계가 있음을 알 수 있었다.

"혈신대법과 관계가 있는 것인가?"

진운룡이 관심을 보이자 혈교주의 입가에 조소가 일었다.

"쿨럭, 그렇다."

한 차례 피를 게워낸 혈교주가 다시 말을 이었다.

"조사이신 혈마께서 이루셨던 경지가 바로 혈신지체다. 만일 내가 혈신지체만 이룰 수 있었다면 네놈은……."

뒷말은 듣지 않아도 빤했다.

진운룡이 코웃음을 쳤다.

"그 혈마를 죽인 사람이 나다."

마치 장난이라도 치는 듯 내뱉는 진운룡의 말에 혈교주의 얼굴이 구겨졌다.

"크윽…… 끝까지 나를 우롱하겠다는 것이로구나!"

혈교주는 굴욕감이 가득한 얼굴로 진운룡을 노려봤다.

자신을 무릎 꿇린 것으로 모자라 이제는 혈교의 사조

인 혈마까지 능멸하려 한다고 여긴 것이다.

강호인들은 혈마가 실종되었다고 알고 있지만, 진실은 그것과 달랐다.

혈교에 전해져 오는 이야기에 의하면 혈마와 혈마궁의 마인들은 갑자기 등장한 인간의 능력을 벗어난 천외천의 고수에게 모두 죽음을 당했다고 했다.

당시에 혈마를 꺾고 혈마궁을 혼자서 멸할 수 있을 정도의 능력을 쌓았다면 최소한 나이가 백 살에 근접한 자일 것이다.

이미 그때로부터 백오십 년이 지났다.

아무리 환골탈태를 거친 자라 해도 이백 년이 넘게 살아 있을 수는 없다.

혹시라도 궁극의 깨달음에 이르렀다 해도 그런 자는 곧바로 등선하게 되니 세상에 남아 있을 리 없다.

인간이 이백 년이 넘도록 살 수 있는 유일한 방법은 혈신대법을 통해 혈신지체를 이루어 불멸을 얻는 것뿐이었다.

혈교주로서는 당연히 진운룡의 말을 믿을 수 없는 것이다.

"믿든, 믿지 않든 그것은 어차피 네 녀석 자유고, 어쨌든 혈마가 이루었던 경지가 혈신지체라는 말이지? 그렇다면 혈신지체가 혈신대법을 통해 네놈들이 이루려는 궁극의 경지인가?"

"그렇다. 혈신지체를 이루게 되면 인간을 벗어나 반신(半神)이 되는 것이다."

진운룡의 머릿속에 의문이 일었다.

자신이 혈마를 죽였을 때, 그곳에는 엄청난 규모의 대법이 행해지고 있었다.

혈마를 죽인 순간 자신에게 대신 떨어져 내린 저주.

규모는 달랐지만 그것 역시 혈신대법이다.

만일 혈마가 혈신지체를 이루었고, 그것이 혈신대법을 통해 도달할 수 있는 궁극의 경지라면 왜 그때 또 다른 혈신대법을 시도하고 있었단 말인가.

둘 중 하나였다.

혈교주가 알고 있는 혈신지체가 최후의 경지가 아니었거나.

혈마가 혈교주의 말처럼 혈신지체의 경지에 이르지 못했거나.

만일 후자의 경우라면 진운룡의 현 상태가 혈교주가 말하는 혈신지체일지도 모른다.

그렇다면, 혈교주에게서 자신의 현 상태를 되돌릴 정보를 얻을 수 있을 지도 몰랐다.

문제는 첫 번째 경우였다.

당시 혈마는 지금의 혈교주보다 분명 한 단계 높은 경

지에 있었다.

비록 진운룡에게 십여 초 만에 목이 잘렸지만, 그것은 당시 대법으로 인해 운신에 제약이 있었기 때문이었다.

만일 제대로 붙었다면 제압하는 데 꽤 시간이 걸렸을 것이다.

그것은 곧 혈교주의 말대로 당시 혈마의 상태가 혈신지체였고, 사실은 그보다 높은 경지가 있을 수도 있다는 이야기다.

'그렇게 되면 당연히 지금 내 상황에 대해서는 혈교주 역시 답해줄 수 없겠지.'

하지만, 새로운 정보를 얻을 수 있다는 사실만으로도 진운룡에게는 커다란 선물이었다.

마음을 정리한 진운룡이 혈교주에게 물었다.

"그 혈신지체라는 것은 불사의 존재인가?"

피를 마시는 한 영원히 죽지 않는 불멸의 존재, 현재 자신의 상황이 바로 그랬다.

물론, 아직 그가 살아온 날이 이백 년 정도밖에(?) 되지 않으니 몇 백 년, 혹은 몇 천 년 후에는 어떻게 될지 모른다.

하지만, 지금까지 신체가 전혀 노화되지 않고 있는 것만은 분명했다. 게다가 어지간한 충격이나 공격에는 상처조차 입지 않는다.

이미 혈신대법을 받기 전에 깨달음을 얻어 환골탈태를 한 그였지만, 노화가 늦춰졌을 뿐이지 아예 진행이 멈춰 버렸던 것은 아니었다.

그러나 지금은 육체적인 면이나 진기를 살펴봐도 노화가 전혀 진행되지 않고 있었다.

"신의 영역에 도달한 존재이니 불멸인 것은 당연하다!"

혈교주의 목소리에 힘이 들어갔다.

그만큼 혈신지체에 대한 열망이 크다는 반증이었다.

"약점이나 부작용은 없나?"

진운룡은 피를 마시지 않으면 석화된다.

그리고 피를 많이 마시면 점차 마기가 쌓여 광기에 잠식당하게 된다.

"완전체에 약점이 있을 리가 있느냐!"

"그렇다면 혈신지체는 피를 마시지 않아도 된다는 것인가?"

"흥! 무슨 소리를 하는 것이냐. 왜 피를 마시지 않지? 피가 곧 우리의 근원이며 힘이거늘."

하기야 혈교 교도들에게는 피를 마시는 것이 저주가 아니라 은혜일 것이다.

'그렇다면 마찬가지로 광기에 휩쓸리는 것 역시 부작용이 아니라고 생각하겠지.'

"혈신대법을 되돌릴 방법을 알고 있나?"

혈교주가 이해할 수 없다는 얼굴로 진운룡을 바라봤다.

'이자가 대체 무슨 이야기를 하는 것인가?'

혈신대법은 미약한 존재에 불과한 인간이 신에 이를 수 있는 길이었다.

혈교의 교도라면 누구나 혈신대법을 받는 영광을 얻기 위해 자신의 모든 것을 바칠 준비가 되어 있다.

심지어는 무림맹주의 손자이자 현 정도 무림 최고의 후기지수로 불리던 남궁린까지도 혈신대법을 위해 자신의 위치와 가문을 버렸다.

도대체 누가 이런 은혜를 거부한단 말인가.

"네놈 역시 혈신대법을 받은 듯한데, 그것을 되돌리고 싶다는 것인가? 허……."

잠시 어이없다는 얼굴로 탄성을 내뱉은 혈교주가 말을 이었다.

"지금 네놈이 가진 강함, 그리고 젊음, 신에 이를 수 있는 길, 그 모든 것을 버리겠다고?"

그로써는 도저히 이해할 수 없는 일이다.

피식!

진운룡이 실소를 흘렸다.

"흥! 네놈은 그것이 아무것도 아니라고 말하려는 것이

냐? 마음에 수양이니, 선업을 쌓느니 하는 것 따위가 더 중요하다는 땡중과 도사 나부랭이들의 거짓말을 믿는 것이야?"

진운룡이 혈교주와 시선을 맞췄다.

그의 헤아릴 수 없이 깊은 눈동자에 혈교주는 잠시 할 말을 잃고 멈칫했다.

"물론, 나도 그딴 이야기의 추종자는 아니다. 단지 강함과 젊은 신으로 향하는 길, 이 모든 것을 나는 이미 가지고 있었다는 것이 문제지."

그는 혈신대법에 당하기 전에도 이미 깨달음을 얻은 자다.

육신은 여러 번의 환골탈태를 통해 젊어졌고, 강함으로 말하자면 이미 천하제일이라 확언하던 사부의 경지를 넘어선지 오래였다.

또한, 그의 사부처럼 등선을 했을지는 모르겠으나 그가 사부에게 배운 심법 공심결(空心訣)은 궁극에는 신에 이르는 공부였다.

혈교주는 진운룡의 어이없는 대답에도 아무런 반응을 할 수 없었다.

그 말을 하는 진운룡의 모습이 순간 갑자기 거대한 산처럼 느껴졌던 것이다.

"너, 너는 대체……."

끝을 알 수 없는 진운룡의 깊이가 그를 두렵게 했다.

"질문에 대한 대답을 하라."

진운룡의 낮고 차가운 목소리에 혈교주가 정신을 차렸다.

"그, 그런 방법 따위가 있을 리 없지 않느냐."

되돌릴 필요가 없는데 무엇 때문에 되돌릴 방법을 만든단 말인가.

진운룡의 얼굴에 실망감이 일었다.

예상했던 대로 혈교주에게도 저주를 풀 방법을 얻지 못한 것이다.

'혈마라면 알고 있었을까?'

사실 그것마저도 확실하지 않았다.

하지만, 혈마라면 혈신대법에 대한 완벽한 자료를 가지고 있었을 것이다.

그 자료를 얻어 연구할 수 있다면 이 저주를 풀 수 있는 실마리를 찾을 가능성이 충분히 있었다.

"혈신대법에 대한 비급이나 자료는 어디에 있나?"

"흥! 낯짝도 두껍구나! 내가 그것을 네놈에게 곧이곧대로 말해줄 것 같으냐?"

비록 무공으로는 패했으나 마음만은 꺾이지 않겠다는 듯 혈교주가 악을 쓰며 소리쳤다.

처음 진운룡을 만났을 때 보여줬던 오만하고 여유롭던

모습은 이제 온데간데없었다.

"물론, 그렇겠지."

담담한 목소리로 대답한 진운룡이 갑자기 혈교주의 왼팔을 잡았다.

우드득!

섬뜩한 소리와 함께 혈교조의 팔이 기이한 각도로 꺾였다.

"크으윽!"

눈을 부릅뜬 혈교주가 이를 악물며 비명을 참아냈다.

진운룡의 손길이 곧장 혈교주의 오른 발목으로 향했다.

우득!

나뭇가지가 부러지듯 너무도 쉽게 혈교주의 발목이 꺾였다.

한마디 말도 없이 진운룡은 곧장 혈교주의 왼 발목도 마저 부러뜨렸다.

마치 당연한 일을 하고 있다는 듯 진운룡의 움직임은 아무런 거리낌도 감정도 찾아볼 수 없었다.

"끄으으…… 그래봤자 아무 소용없다……. 네놈이 어떠한 고통을 준다 해도 내게서 들을 수 있는 말은 한마디도 없을 것이다……."

혈교주가 핏발 선 눈으로 말했다.

"알고 있다."

진운룡이 너무도 태연한 얼굴로 말했다.

"어차피 너 정도면 고통 따위에 입을 열지는 않겠지."

혈교주의 얼굴이 일그러졌다.

그렇다면 도대체 무엇 때문에 당장에 자신을 죽이지 않고 이런 짓을 한단 말인가.

"단지 제령안을 쓰려면 어느 정도 네 녀석의 진을 빼놓을 필요가 있거든."

제령안은 상대의 정신에 들어가 기억의 조각을 읽는 술법이다.

당연히 대상의 경지가 높으면 정신의 벽이 그만큼 견고하기 때문에 성공 가능성이 낮았다.

하지만, 아무리 경지가 높은 자라 해도 진기와 체력이 고갈되면 정신 또한 흐려지기 마련.

진운룡은 그것을 위해 일부러 손을 쓴 것이다.

굳이 더 설명을 하지 않아도 제령안이라는 이름에서 그 용도를 충분히 짐작한 혈교주가 이를 갈며 발광했다.

"네, 네놈! 감히 내게…… 무슨 수작을 하려는 것이냐!"

"아직 힘이 남아도는 모양이군."

분노하는 혈교주를 무시한 채 진운룡의 오른손이 혈교주의 옆구리를 파고들었다.

푸욱!

혈교주의 옆구리를 파고든 진운룡의 오른손이 갈비뼈 하나를 그대로 잡아당겼다.

우드득!

"끄으으……."

갈비뼈가 생으로 뜯겨 나가는 고통에 혈교주가 경련을 일으켰다.

진운룡이 고개를 숙여 뒤집어진 혈교주의 눈꺼풀을 들어 올렸다.

계속된 출혈과 고통으로 의식이 반쯤 사라진 상태였다.

바로 진운룡이 원했던 바다.

"자, 그럼 시작해 볼까?"

진운룡의 두 눈동자가 노랗게 물들었다.

우우우우웅!

"끄으으윽!"

제령안이 뇌 속을 파고들자 혈교주의 몸이 마치 벼락을 맞은 듯 경련하기 시작했다.

혈교주의 기억의 파편들이 하나 둘씩 진운룡의 머릿속으로 옮겨져 갔다.

그런데, 반각 정도 시간이 흘렀을 때였다.

"응?"

진운룡이 무언가 이상을 발견한 듯 멈칫했다.

"혈신대법이 혈마에게서 전해진 것이 아니다?"

혈신대법에 대한 기억을 읽던 중 그 기원이 혈마가 아니라는 것을 발견한 것이다.

"그럼 대체 누가?"

진운룡은 급히 혈마의 기억을 훑었다.

혈교주가 알고 있는 혈교 잔당들의 역사는 형편없이 초라했다.

혈마가 죽고 혈교가 붕괴한 후 잔당들은 비급과 대법에 대한 기록들을 온전히 수습하지 못했다.

반도 남지 않은 자료로 그들이 혈마의 절기를 다시 되살리는 것은 불가능했다.

결국 잔당들은 강호의 눈을 피해 음지로 숨어 그 명맥을 근근이 이어갈 수밖에 없었다. 당연히 복수나 강호수복 같은 것은 생각도 못할 수준이었다.

하지만, 그 모든 것이 바뀌는 운명적인 사건이 일어났다.

지금으로부터 삼십 년 전 혈교주가 혈신대법의 비급을 발견한 것이다.

그것은 정말 묘한 우연이자 행운이었다.

당시 마흔다섯 살이던 혈교주는 일류를 간신히 넘은

무인이었다.

혈교의 무인들이 공력을 키우고 무공을 상승시키는 방법은 흡혈마공이다.

흡혈을 통해 상대의 정혈을 갈취하여 자신의 내공으로 만드는 것이다.

하지만, 많은 자료를 잃어 그는 반쪽짜리 흡혈마공밖에 배우지 못한 그에게 상승의 경지에 이르는 일은 쉽지 않은 일이었다.

강호의 눈을 피해 몰래 흡혈을 해야 하는데, 가지고 있는 무공 실력이 미천하다보니 함부로 흡혈을 할 수도 없었고, 때문에 반쪽짜리 흡혈마공도 제대로 쓸 수 없으니 공력을 쉽게 모을 수가 없었다.

결국 무리해서 흡혈을 하다 강호인들에게 들켜서 쫓기는 신세가 된 그는 이름 모를 산속 동굴에 숨어들었고, 그곳에서 오래되어 보이는 상자와 그 안에 들어 있는 혈신대법의 비급을 발견한 것이다.

정말 이상한 것은 그렇게 중요한 비급이 보관되어 있었음에도 동굴에는 그 어떤 기관 장치나 함정도 없었고, 마치 보란 듯이 동굴 한가운데 비급이 들어 있는 상자가 떡하니 자리하고 있었다.

비록 그 동굴이 찾기 쉬운 곳은 아니었으나, 그렇다고 진법에 의해 보호를 받거나 사람의 발길이 닿을 수 없는 험지가 아니었기 때문에 비급이 이제껏 발견되지 않고 있었던 것은 그야말로 천운이었다.

당시 혈교주는 비급을 발견한 기쁨 때문에 이러한 점들을 그다지 깊이 생각지 않았다.

하지만, 그의 기억을 들여다본 진운룡으로서는 그 상황이 여간 수상한 것이 아니었다.

이것은 마치 누군가 의도적으로 혈신대법의 비급을 노출시킨 것 같지 않은가.

'일단 혈교주가 발견한 혈신대법의 비급은 혈교의 것이 아니다.'

혈교주의 기억을 통해 알아낸 결과였다.

본래 혈신대법은 혈마가 만들어냈다고 알려져 있다.

한데, 상자나 비급 어디에도 혈교의 문양이나 흔적은 찾아볼 수 없고, 비급의 글씨 역시 혈마의 필체와 달랐던 것이다.

혈마가 다른 사람을 시켜서 혈신대법의 비급을 쓰게 했을 리는 없으니, 그 비급은 어딘가 다른 출처로부터 나온 것이다.

그것은 곧 혈마가 혈신대법을 창조한 자가 아니라는 말이다. 어쩌면, 혈마 훨씬 이전부터 혈신대법이 존재했고, 드러난 혈교 외에 혈신대법을 익힌 세력이 또 존재한다는 이야기였다. 게다가 그러한 세력이 하나일지, 아니면 다수일지조차 장담할 수 없는 상황이다.

얼마 전 진운룡이 홍혜란을 잡을 당시 부딪혔던 동창의 무리들 역시 흡혈의 공능을 사용하지 않았던가.

'그렇다면 대체 혈신대법을 만든 자는 누구인가?'

진운룡의 머릿속이 복잡해졌다.

혈마가 익힌 혈신대법 역시 그자에게서 나왔을 것이다.

자신이 당했던 그 저주스러운 대법.

혈마에게 혈신대법을 전하고 혈교주와 동창의 무리에게 혈신대법을 전한 누군가, 혹은 어떤 세력이 존재한다면 그들의 목적은 과연 무엇인가.

수많은 의문들이 그의 머릿속을 채웠다.

'하지만…… 만일 그들이 존재한다면 그자들은 이 저주를 풀 방법을 알고 있겠군!'

진운룡의 눈동자가 빛을 발했다.

혈신대법을 창조한 자라면 그것을 되돌릴 방법도 알고 있을 것이다. 아니, 알고 있어야 했다.

만일 그자도 그 방법을 모른다면 진운룡에게는 더 이상 희망이 없었기 때문이다.

'일단은 동창을 먼저 조사해 봐야겠군.'

혈교주에게서 얻을 것은 모두 얻었다.

남아 있는 연결 고리는 이제 동창밖에 없었다.

그들이 어떻게 혈신대법을 입수했는지를 조사해 보면, 배후에서 혈신대법을 세상에 뿌린 자에게 조금은 더 접근할 수 있을 것이다.

머릿속을 정리한 진운룡이 천천히 자리에서 일어섰다.

혈교주의 육신은 물에 빠진 허수아비처럼 축 늘어져 있었다.

무리하게 제룡안을 사용하는 바람에 뇌가 녹아버린 것이다. 뇌가 녹은 인간이 살아 있을 리가 없었다.

오늘 정도 연합군을 물리치고 무림맹주 남궁진천을 무릎 꿇린 그에게는 전혀 예상치 못한 비참한 최후일 터였다.

이로써 혈교는 다시 한 번 진운룡의 손에 멸망하게 됐다.

그야말로 기묘한 악연이라 할 수 있었다.

진운룡은 잠시 혈교주의 시체를 바라보다 바람처럼 몸을 날렸다.

5장

혼돈

빠른 속도로 숭산 숲속을 빠져나오는 인영이 있었다.

거지 복장에 구결 매듭을 지은 것을 보아 개방의 고위 인물임이 틀림없었다.

여기저기 핏자국이 보이는 것이 상처를 입은 듯했지만, 움직임은 무척 경쾌했다.

한동안 숲의 소로를 따라 내려가던 그의 움직임이 갑자기 멈췄다.

앞쪽에서 인기척이 일었던 것이다.

"헉, 헉."

부스럭 소리와 함께 모습을 드러낸 인물은 화산파의

복장을 하고 있었다.

혈교 무인들의 추적을 피해 도망치는 중이었는지 낭패한 몰골이었다.

"아니, 구 방주 아니시오. 다행히 무사하셨구려."

화산파 도사가 반가운 얼굴로 거지에게 아는 척을 했다.

장년의 거지는 바로 동굴을 빠져나온 혈마, 지금은 개방 방주 구천엽이었다.

혈마는 잠시 멈칫했다.

상대가 누구인지 모르니 당연한 반응이었다.

하지만 그것은 그야말로 잠시뿐이었다.

혈마의 입가에 음산한 미소가 걸리는가 싶더니 그의 손이 갑자기 뻗어나가 화산파 도사의 목을 움켜쥐었다.

"커억! 무, 무슨 짓이오!"

"그러지 않아도 정혈이 부족하던 참에 마침 잘 되었구나. 잘 먹으마!"

너무도 갑작스런 혈마의 공격에 화산파 도사는 아무런 대응도 못하고 쉽게 제압당해 버렸다.

설마 개방 방주가 자신을 공격해 올 거라고는 생각지도 못했던 것이다.

"끄으으윽……!"

정기가 빨려 나가며 화산파 도사의 몸이 바람 빠진 풍

선처럼 쪼그라들었다.

털썩.

얼마 지나지 않아 목내이가 되어버린 화산파 도사를 바닥에 버린 혈마가 만족한 듯 긴 숨을 뱉어냈다.

"후우…… 좋아. 당분간은 다시 예전의 힘을 찾는 데 주력해야겠군. 일단 이 껍데기를 이용해서 제물들을 끌어들이면 되겠어."

눈을 빛낸 혈마가 산 아래로 몸을 날렸다.

*   *   *

혈교에 참패한 정도연맹은 그야말로 비참한 몰골로 패주할 수밖에 없었다.

무당까지 돌아올 수 있었던 인원은 위중한 부상을 당한 남궁진천을 비롯, 결사대의 절반뿐이었다.

십이천이던 종리벽이 사망했고, 당문의 가주 당환도 목숨을 잃었으며, 개방의 장문인 구천엽은 실종되었다. 무당 태허진인과 화산 장문 임혁군은 목숨은 건졌으나 중상을 입어 운신이 어려운 상태였다. 그나마 혈교에서 적극적으로 추격을 하지 않았기에 가능한 일이었다.

무당에 모여 있던 정도연합은 침통한 분위기에 휩싸였다.

남궁진천까지 무너진 이상 혈교와 혈교주를 막을 방법이 없었기 때문이었다.

그들이 직접 확인한 혈교주와 그 수하들의 무공은 상상을 초월했다.

이대로라면 백오십 년 전의 혈사가 다시 되풀이될 것이 자명했다.

하지만, 며칠 지나지 않아 그들이 경악할 만한 소식이 전해졌다.

소림에 있던 혈교가 갑자기 무너지고 잔당들이 모두 달아났다는 소식이었다.

더욱 놀라운 것은 혈교주와 그 수뇌부들이 모두 누군가에게 참살당했다는 사실이었다.

보고를 받은 남궁진천은 머릿속에 한 사람의 이름을 떠올렸다.

'설마.'

아무리 생각해도 그런 일을 벌일 수 있는 사람은 지금 강호에서 진운룡밖에 없었다.

당시에 등봉현에 도착해 있었고, 혈교를 치러 간다는 소문까지 내지 않았던가.

그럼에도 불구하고 그는 도저히 그 사실을 믿을 수가 없었다.

'정도연합의 정예들이 제대로 상대도 못해보고 패주했는데, 그자 혼자서 혈교를 괴멸시켰다?'

그건 인간이 할 수 있는 일이 아니다.

갑자기 처음 진운룡을 만났을 때가 생각났다.

그때, 진운룡은 남궁진천이 쏘아낸 기세에 신음을 흘리고 피까지 보였다.

'처음부터 나를 기만했지.'

실제로는 십이천 둘을 간단히 제압하는 능력을 가지고도 남궁진천 앞에서 자신의 실력을 속인 것이다.

'교활한 놈.'

생각할수록 진운룡의 안 좋은 면만 계속 떠올랐다.

'그렇다고 그 혈교주와 수하들을 혼자 상대하는 것은 있을 수 없어. 아니, 있어서는 안 돼.'

몇 번이고 그 사실을 부정하던 남궁진천이 자리를 박차고 처소를 나섰다.

"제갈 군사에게 당장 회의를 소집하라 일러라!"

남궁진천이 아직 회복되지 않은 몸을 이끌고 급히 삼청전으로 향했다.

*　　　　　*　　　　　*

무당 삼청전에 모인 정도연합의 인사들은 이전에 비해

많이 줄어 있었다.

이번 결사대에 참가했다가 죽거나 중상을 당한 이들이 빠져 있었기 때문이다.

나와 있는 이들의 몰골도 그다지 온전치는 않았다.

대전 내부의 분위기는 그야말로 묘했다.

혈교와의 대전에서 패배한 충격이 아직 가시지 않았으나, 그보다 더한 충격적인 소식으로 인해 이를 기뻐해야 할지 민망해 해야 할지 갈피를 잡지 못하는 분위기였다.

잠시 대전에 모인 이들을 바라보던 남궁진천이 무겁게 입을 열었다.

"다들 소식을 들었을 것이오. 혈교가 무너졌소."

여기저기서 헛기침 소리가 들렸다.

남궁진천의 시선이 군사 제갈휘를 향했다.

"누구의 짓인지 확인되었소?"

말투에서 마땅치 않은 감정이 그대로 드러났다.

그것은 이곳에 모인 다른 이들 역시 마찬가지였다.

현 강호를 지배하고 있는 구파일방과 세가들이 연합해서도 못 해낸 일을 다른 누군가가 해냈다는 것이 결코 기쁠 리가 없었다.

"실은……."

그때, 공동파의 진율이 찌푸린 얼굴로 조심스럽게 입을 열었다.

"제가 그때 패주하던 당시, 등봉현 객잔에서 진운룡이라는 자를 만났습니다."

사람들의 시선이 진율에게로 향했다.

"우리가 알고 있는 그 진운룡 말이오?"

남궁진천의 두 눈에 불길이 일었다.

그로서는 진운룡에게 감정이 좋을 수가 없었다.

눈에 넣어도 아프지 않던 잘난 손자 녀석을 죽인 자가 바로 진운룡이었고, 최근 그의 행보가 무림맹, 정파의 고수들과 자주 충돌을 일으키고 있었기 때문이다.

여러모로 심기를 건드리는 존재였다.

"그렇습니다. 당시 그자는 정도연합이 혈교를 공격했다는 우리 말을 듣고는 수하를 데리고 급히 소림으로 올라갔습니다."

대전에 모인 이들이 웅성거렸다.

"그럼 진운룡이라는 자가 혈교를 멸했다는 말이오?"

믿을 수 없다는 얼굴로 모용기중이 되물었다.

"그것이…… 나도 믿을 수 없는 일이나, 그때 그자가 소림으로 향한 것은 분명 사실이오."

남궁진천의 얼굴이 살짝 일그러졌다.

믿고 싶지 않은 일이 실제로 벌어진 것이다.

"어찌 인간이……."

냉철한 제갈휘조차 말을 잇지 못했다.

그들이 확인한 혈교의 전력은 예상을 훨씬 상회했다.

한데, 문파나 세력도 아닌 한 개인이 그들을 전멸시키다니, 도저히 납득할 수 없는 일이었다.

"그자라면 가능할 수도……."

홍무생이 침중한 얼굴로 중얼거렸다.

직접 상대해 본 그의 말에 모두의 귀가 집중되었다.

다른 이들의 시선을 느낀 홍무생이 눈살을 찌푸렸다.

"당시 나와 독황을 상대하면서도 전력을 다하지 않은 느낌이었네. 그런데도 우리는 그자의 옷깃 하나 건드리지 못했지. 그자가 마음만 먹었다면 순식간에 우리의 목숨을 취했을 것이네. 지금 와서 생각해 보면 그자의 나이가 과연 보이는 그대로 인지도 의심스러워……. 그 정도 능력이라면 반로환동의 고수일 수도 있네……."

홍무생은 진운룡의 무서움을 너무도 잘 알고 있는 이였다.

그가 죽은 소은설을 살려내는 것까지 직접 확인하지 않았던가. 그것은 결코 인간의 능력이 아니었다.

그런 자를 적으로 삼는 것은 그야말로 어리석은 일이었다.

홍무생의 말에 모두의 얼굴에 경악이 떠올랐다.

"반로환동이라니……."

그런 경지가 실제로 존재한다고는 누구도 생각지 않

았다.

그 유명한 달마 조사나 무당의 사조인 삼봉 진인도 무의 끝을 보았으나, 반로환동을 했다는 이야기는 없다.

남궁진천 역시 환골탈태를 겪고, 현경을 넘어서 더 높은 경지를 바라보고 있으나 반로환동과는 거리가 멀었다.

모두가 그것은 그저 호사가들이 이야기하는 이야깃거리에 불과하다 생각했다.

한데, 정말 그런 경지가 존재한다면.

그리고 진운룡이 그런 경지에 이른 자라면.

그렇다면 모든 게 말이 된다.

반로환동에 이른 초극의 고수라면 십이천을 아이처럼 가지고 놀고, 혈교주와 그 수하들을 쓸어버릴 수 있을 것이다.

"진정 그자가 그런 경지에 이르렀다면 정도 무림에는 큰 전력이 아닙니까?"

진율의 말에 모용기중이 콧방귀를 꼈다.

"흥! 대체 무슨 말을 하시는 것이오? 지금까지 행동을 보면 그자가 정도라는 증거가 없지 않소. 풍신께서 말씀하시기를 그자가 피를 흡수하는 사술을 쓴다고 하였소. 그렇다면 정도라기보다는 마도나 사도에 더 가까운 자가 아니요?"

"모용가주의 말에도 일리가 있소. 그에게 이미 풍신과

당황께서 당하지 않으셨소. 게다가 우리 개방에도 난입해서 행패를 부린 자요. 결코 우리에게 호의적인 자가 아니오. 어쩌면 그자도 반로환동을 한 것이 아니라 혈교의 무리와 같이 사이한 술법을 통해 힘을 얻은 자일 수도 있소."

진운룡에게 좋은 감정을 가질 수 없는 개방의 장로 왕규가 목에 핏대를 올리며 말했다.

"혈교 교주와 그 수하들조차 상대할 수 없었는데, 그런 그들을 혼자서 꺾은 자와 척을 지자는 것이오?"

진율의 말에 모두가 침중한 표정으로 고개를 끄덕였다.

"진율 진인께서는 힘이 약하다 하여 악에 굴복하자는 말이오? 우리 개방은 결코 그럴 수 없소이다!"

"허, 왜 악이라 단정 짓는 것이오? 지금까지 그가 한 행동은 오히려 악을 멸하는 쪽이 아니었소?"

황보혁군이 조금은 어이없다는 얼굴로 말했다.

"지금 황보가주께서는 저희 태상방주이신 풍신 어르신과 독황 어르신이 악이란 말이오?"

"어허, 그것은 오해가 있어서 그렇게 된 것 아니요. 홍혜란과 남궁린이 혈교 놈들과 한패였다는 사실이 이미 밝혀지지 않았소?"

"그만!"

그때, 남궁진천이 사자후를 터뜨렸다.

그의 두 눈에서는 불꽃이 일고 있었다.

자신이 맹주의 아픈 곳을 찔렀다는 사실을 눈치챈 황보혁군이 쓴 입맛을 다시며 뒤로 물러섰다.

잠시 화를 다스린 남궁진천이 입을 열었다.

"여러 정황상 진운룡이라는 자가 혈교를 멸한 것은 거의 확실하군. 어찌 되었든 결과가 이렇게 되면 우리 꼴이 참으로 우습게 되었소이다."

남궁진천의 말에 모두 쓴 약이라도 마신 듯한 표정이 되었다.

이번일로 무림맹과 구파일방, 세가의 권위가 땅에 떨어질 것은 기정사실이었다.

"일단은 진운룡이라는 자를 다시 한 번 만나봐야겠소. 그자가 과연 어떤 자이며 우리와 양립할 수 있는 자인지 알아내야겠지. 만일 아니라면……."

순간 남궁진천의 온몸에서 살기가 피어올랐다.

그의 두 눈은 마치 광인처럼 번들거리고 있었다.

혈교주에게 패한 충격과 그러한 혈교주를 꺾은 자가 하필이면 손자를 죽인 악적 진운룡이라는 사실이 그의 자존심과 이성을 마비시킨 것이다.

"그자가 반로환동을 했다 해도, 아니 신이라 해도, 무림에 해가 되는 자를 그대로 놔둘 수는 없소. 왕규 장로의 말대로 정도 무림과 무림맹은 결코 악에 굴해서는 안 되기 때문이오.”

남궁진천의 서슬 퍼런 목소리에 모두가 입을 열지 못했다.

그 누구도 반문할 수 없었다.

“온 강호가 들고 일어나는 한이 있어도 반드시 없애야지요!”

개방 장로 왕규가 당연하다는 얼굴로 호응했다.

홍무생이 씁쓸한 표정으로 남궁진천을 바라봤다.

남궁진천은 이미 진운룡을 제거하기로 마음을 먹은 상태였다. 홍무생이 뭐라 한다 해도 그는 결코 자신의 고집을 꺾지 않을 것이다.

본래부터 남궁진천은 자신을 건드린 자에게 반드시 그에 합당한 대가, 아니 몇 배의 혹독한 응징을 해야 속이 풀리는 이였다.

결국 진운룡과 무림맹은 척을 지게 될 것이다.

‘허…… 화를 부르는구나…….’

만일 진운룡이 무림맹을 적으로 인식하게 된다면 그 결과는 불을 보듯 훤했다.

‘이를 어찌한단 말인가…….’

어찌 보면 그 역시 진운룡에게 애지중지 하던 손녀딸을 잃은 것이나 마찬가지였다.

그럼에도 불구하고 그는 원한보다는 두려움과 걱정이
더 컸다.

"왕 장로의 의기가 이 남궁 늙은이의 가슴을 뛰게 하
는구려. 다른 분들께서도 별다른 반론이 없다면 진운룡
그자에 대한 건은 이대로 처리하는 것으로 하겠소. 그럼
다음 안건으로 넘어갑시다."

남궁진천의 두 눈동자에 잠시 살기가 어렸다가 사라졌
다.

그 모습을 바라보는 홍무생의 얼굴에 시름이 더욱 깊
어갔다.

*   *   *

황궁 심처.

"음…… 무림맹이 아닌 진운룡이라는 자가 혈교를 멸
했다고?"

눈을 가늘게 뜬 황사 도중문이 고개를 숙이고 있는 동
창제독 육환에게 물었다.

"그렇사옵니다. 숭산을 감시하던 동창의 당두들이 직
접 확인한 것입니다."

도중문이 수염을 쓰다듬으며 생각에 잠겼다.

육환은 감히 고개를 들지 못하고 도중문이 입을 열길

기다렸다.

본래 그들의 계획은 혈교와 무림맹이 서로 치고받아 양쪽 다 전력이 상했을 때, 조정의 이름으로 나라를 혼란케 한 죄를 물어 둘 다 처리하려 했다.

그렇게 되면 현재 이 중원 땅에서 그들이 하는 일을 막아설 만한 존재는 사라지게 되는 것이다.

게다가 나라의 이름을 업고 하는 일이니 명분도 충분했다.

이미 황제는 도중문의 손아귀에 있는 것이나 마찬가지가 아니던가.

이 나라를 먹고, 세상에 피의 축복을 내리는 것이 머지않아 보였다.

한데, 예상치 못한 변수가 발생한 것이다.

그러나 도중문은 금세 다시 본래의 표정으로 돌아왔다.

"뭐, 제법 귀찮은 녀석이긴 하구나. 하나, 어차피 놈은 혼자이지. 혼자서 아무리 날뛰어봤자 제 놈이 몸이 수십 개가 아니고서야 우리의 대계를 막을 수는 없을 것이다. 하니, 우선은 정파 놈들과 마교의 동향을 살피고 대법의 준비에 집중하도록 해라."

"하지만, 놈을 그냥 두면……."

육환이 아쉬운 듯 말꼬리를 흐렸다.

"놈이 우리와도 몇 번 부딪혔지?"

도중문이 육환을 빤히 쳐다봤다.

"그, 그렇습니다."

육환이 급히 고개를 숙였다.

"아이들도 상하고, 네 녀석 자존심도 상했겠지."

육환이 아무 말도 못한 채 도중환의 다음 말을 기다렸다.

사실 동창이 그토록 당하고도 진운룡을 그대로 놔둔다면 무척 굴욕적인 일이었다.

"그깟 자존심 때문에 일을 그르칠 셈이냐? 이제 모든 것이 마무리될 때가 머지않았다. 그때가 되면 자연히 그깟 녀석은 아무런 걸림돌이 되지 않을 터. 무릇 일이란 물처럼 자연스럽게 흘러가도록 놔두어야 하는 법이야. 놔두면 제풀에 지칠 것을 어리석게 놈에게 달려들지 말란 말이다."

육환의 이마에서 식은땀이 흘러내렸다.

결코 크거나 공력이 실린 목소리가 아님에도 육환은 마치 태산이 찍어 누르는 듯한 압력을 느꼈던 것이다.

"일단은 제물을 모으는 데 총력을 기울이도록 하라. 혹시 모르니 대기시켰던 천혈단도 모두 투입하도록!"

"며, 명을 받들겠습니다!"

육환이 오체투지하며 답하자 그제야 그를 내리누르던

압력이 사라졌다.

"쯧쯧, 네 녀석도 아직 멀었구나……. 그만 나가 보거라."

일인지하만인지상의 권력을 가진 동창제독을 마치 아이 다루듯 하는 도중문에게 육환은 아무런 반박도 못한 채 그대로 도망치듯 대전을 빠져나갔다.

*   *   *

낙양 외곽.

이곳에 위치한 제법 규모가 큰 관제묘 주위로 수십이 넘는 거지들이 진을 치고 늘어져 있었다.

그들은 얼핏 보기에도 일반 거지들과는 사뭇 그 덩치나 기세가 달라 보였는데, 허리에 몇 개씩의 매듭을 매달고 있는 것으로 보아 개방의 방도들이 분명했다.

개방의 거지들이 수십이 넘게 모여 있는 일은 무척 드물었다.

하지만, 이곳은 충분히 그럴 만한 곳이었다.

바로 이 관제묘가 개방의 낙양 분타이기 때문이다.

일전에 진운룡이 개방 총타에서 난동을 부린 이후로 전 분타의 경계가 더욱 삼엄해진 상태여서 다른 때보다 많은 숫자의 제자들이 입구를 지키고 있었다.

비록 겉으로는 중구난방으로 늘어져 있는 것으로 보였으나, 그들의 두 눈만은 매의 그것처럼 매섭게 주변을 살피고 있었다.

"어!"

그런데, 어느 순간 배를 긁으며 주변을 살피던 삼결 거지 하나가 깜짝 놀라 일어섰다.

그의 시선은 관제묘를 향해 다가오고 있는 중년 거지를 향하고 있었다.

삼결 거지뿐만 아니라 주변의 거지들 역시 놀란 얼굴로 벌떡 일어섰다.

처음 일어섰던 개방의 삼결 제자 진소가 중년 거지를 향해 후다닥 달려 나갔다.

"아니, 방주님! 어디 계시다 이제야 나타나신 것입니까? 혹여 큰일이라도 당하신 줄 알고 방도들이 이제껏 얼마나 찾았는지 아십니까?"

겨우 삼결 제자의 신분인 진소가 상대가 태산 같은 방주라는 사실마저 잊고 허둥지둥 소리쳤다.

"방주!"

"방주님!"

"방주님이 돌아오셨다!"

관제묘 주변이 순식간에 소란스러워졌다.

"뭐라! 방주님이 돌아오셨다고?"

관제묘 안쪽에서 나이가 지긋한 거지가 후다닥 뛰쳐나왔다.

허리에 다섯 개의 매듭이 매어져 있는 그가 바로 이곳 낙양 분타의 분타주 취견(醉犬) 양광이었다.

"허! 무사하셨군요! 하늘이 우리 개방을 버리지 않았음입니다!"

키가 크고 광대가 튀어나온 양광이 허리를 굽혀 개방 방주 구천엽의 손을 잡으며 눈물을 글썽였다.

구천엽이 묘한 눈빛으로 양광을 바라보다 천천히 입을 열었다.

"내가 좀 몸이 좋지 않으니 일단 쉬고 싶군. 그리고 자네와 단 둘이 따로 나눌 말도 있으니 조용한 곳으로 안내하게."

"아! 제가 미처 방주께서 혈교 놈들과 혈전을 치루신 지 얼마 되지 않았음을 생각지 못했습니다. 어서 이리로 오시지요."

양광이 앞장서서 구천엽을 관제묘 안쪽으로 안내했다.

"이쪽으로 오시지요."

관제묘 안쪽에 들어선 양광이 관우 석상 뒤쪽으로 향했다.

구천엽이 양광을 따라 석상 뒤로 들어서니 놀랍게도 그곳에는 지하로 들어가는 계단이 있었다.

계단은 생각보다 깊어 보였다.

"너희들은 지금부터 분타 주위를 철저히 경계하고 방주께서 쉬시는 데 행여 방해가 되지 않도록 특별히 조심하거라!"

"예!"

낙양 분타의 개방도들이 절도 있게 읍을 하고 관제묘 밖으로 모두 빠져나간 후, 양광은 구천엽과 함께 계단 아래로 내려갔다.

지하로 내려가는 양광의 등을 바라보는 구천엽의 눈빛이 붉게 빛났다.

＊　　　　＊　　　　＊

혈교주와 그 수하들을 죽인 진운룡은 일행과 함께 바로 등봉현을 빠져나와 개봉으로 돌아왔다.

쓸데없는 관심과 풍문에 휘말리기 싫었기 때문이다.

개봉에 들어선 일행은 하오문의 도움을 받아 장원을 하나 빌렸다.

곽지량이 어느새 그들이 머물 장원을 준비해 놓았던 것이다.

어찌 보면 조금은 부담스러운 지원이었다.

하지만 적산과 구학의 수련을 위해서도 그렇고, 충격

적인 일을 연이어 겪은 소은설을 위해서도 조용한 공간이 필요했기에 일단 받아들였다.

진운룡은 숙소에 앉아 혈교주에게서 얻은 기억을 정리했다.

그중에는 혈신대법의 부작용에 대한 것도 있었다.

혈교주가 시전했던 혈신대법에는 네 가지 단계가 있었는데, 그중 가장 아래 단계는 일반 교도들이 받는 대법이라기에도 뭐한 단순한 술법이었다.

그만큼 사용할 수 있는 능력도 적었고, 피의 권능을 사용할 수도 없었다. 단지 피를 마시면 힘과 공력이 늘어나는 정도였다. 광기에 휩싸이고 피에 대한 갈증이 심했다.

두 번째 단계는 남궁린과 방염이 받았던 것으로, 사령이 될 후보로 선택받은 자들에게 베풀어진다.

피의 권능을 사용할 수 있고 공력과 육체가 급격히 변한다. 역시 피를 마셔야 하고 시간이 지나면 광기가 점점 더 짙어지게 되며, 일정 시간마다 혈교주의 축복을 받지 못하면 결국 이지를 상실하고 광인이 된다.

세 번째 단계가 사령들이 받은 대법인데, 이 경우 광기나 피에 대한 갈증은 있지만, 이지를 잃고 광인이 되는 일은 없다.

단지 지속적으로 흡혈을 하면 성격이 점차 어둡고 음산하게 변하게 된다.

네 번째 단계는 혈교주가 스스로에게 시전했던 대법이다.

인간을 초월한 능력을 가질 수 있고 정신이 미약한 인간들은 혼을 제압할 수도 있었으며, 혈신대법을 통해 자신의 권속을 만들어낼 수 있었다.

만들어낸 권속들은 결코 그의 명을 거역할 수 없으며, 그가 마음만 먹으면 언제든지 죽일 수 있었다.

하지만, 역시 광기가 쌓이는 것은 마찬가지였다.

물론, 혈교주는 그것을 광기라 여기지 않았다.

오히려 그의 본성이 그러한 어둠과 가까웠기 때문이다.

결국, 혈교주의 기억 속에도 진운룡에게 내려진 저주를 풀 방법은 없었다.

다만, 한 가지 가능성은 남아 있었다.

바로 혈교주가 시도하려 했던 마지막 대법.

혈교주 자신도 그 대법을 받게 되면 어떤 일들이 벌어지는 지 정확히 알지 못했다.

단지 막연히 불사의 존재이자 완전무결한 혈신(血神)이 되는 대법이라 알고 있었을 뿐이다.

'혹시 그 대법은 모든 부작용을 사라지게 할 수 있

을까?'

진운룡은 잠시 떠오른 생각에 급히 고개를 저었다.

만일 그렇다고 해도 자신의 저주를 풀기 위해 그토록 끔찍한 일을 벌일 수는 없었다.

그렇다면 또 다른 실마리를 찾아보는 수밖에 없었다.

현재로서 생각나는 것은 동창이었다.

동창의 무인들 역시 피의 권능을 사용했다.

문제는 동창이라는 존재가 대부분 겉으로 드러나지 않아 꼬리를 잡기가 쉽지 않다는 것이었다.

그리고 과연 동창의 어느 선까지 혈신대법과 연계가 되어 있는지도 확실하지 않은 상황에서 무턱대고 본부가 있는 황궁에 쳐들어갈 수도 없었다.

물론, 진운룡이 나라니, 황제니 하는 것에 얽매이는 이는 아니었으니 조용히 황궁에 잠입해서 알아볼 수는 있을 것이다.

'황궁이라……'

정 방법이 없으면 그렇게라도 해야겠다고 결심을 했을 때였다.

"응?"

갑자기 진운룡의 감각에 이질감이 느껴졌다.

"이것은……."

눈을 가늘게 뜨고 감각을 집중하던 진운룡이 갑자기

방을 뛰쳐나갔다.

"소은설!"

그의 감각에 걸린 것은 소은설의 숙소였다.

그곳으로부터 묘한 기운이 흘러나오고 있었다.

그의 신형이 곧장 소은설의 방으로 향했다.

쾅당!

문을 거의 부수듯 밀고 들어간 진운룡이 방 안을 살폈다.

"으음……."

침상에 누운 소은설이 신음을 흘리고 있었다.

"무슨 일입니까?"

"주군!"

소란을 듣고 뛰쳐나온 구학과 적산이 놀라 물었다.

진운룡이 소은설을 살폈다.

그녀의 얼굴과 온몸의 피부가 붉게 달아올라 있었다.

곁에 있는 진운룡에게까지 후끈한 열기가 느껴질 정도로 그녀의 몸이 뜨거워져 있었다.

"아흑……."

의식이 없는 상태에서 그녀는 몸을 비틀며 신음을 흘리고 있었다.

진운룡이 감각을 끌어올려 소은설의 내부 기운의 움직임을 살폈다.

소은설의 내부 상태는 그야말로 엉망이었다.

기운들이 뒤엉켜 부딪히고 폭주하고 있었다.

당장에 기운들을 가라앉히지 않는다면 몸 내부의 장기들도 심각한 타격을 받게 될 것이 분명했다.

진운룡은 즉시 소은설에게 다가가 그녀의 상체를 일으켜 세웠다.

그가 직접 손을 써 내부 기운을 다스리기 위해서였다.

그때였다.

그때까지 굳게 닫혀있던 소은설의 눈꺼풀이 스르륵 열렸다.

"아······."

그녀의 입술 사이로 달뜬 신음이 흘러나왔다.

동시에 그녀는 무엇에라도 홀린 듯 갑자기 진운룡의 품으로 파고들었다.

"운랑······."

순간, 진운룡의 움직임이 멈췄다.

자세히 보니 그녀의 동공은 흐릿하게 풀려 있는 상태였다.

"어험! 험! 그, 그럼 둘이 좋은 시간 가지십시오!"

"크흠······."

구학과 적산이 겸연쩍은 얼굴로 얼른 자신의 방으로 돌아갔다.

진운룡은 두 사람의 반응에 신경 쓰지 않고 오로지 소은설의 상태에 집중했다.

자신과 접촉하고 나자 이상하게도 좌충우돌 하며 들끓던 기운들이 한 가지 방향으로 움직이기 시작했기 때문이다.

그러면서 위험했던 그녀의 내부가 조금 진정되었다.

하지만, 아직 그녀가 제어하기에는 너무 강한 기운의 움직임이었다.

소은설은 진운룡의 몸을 더듬으며 더욱 바싹 달라붙었다.

가슴에 머물던 그녀의 머리가 진운룡의 어깨와 팔을 타고 미끄러져 내려가 손목에 멈췄다.

"아……!"

무언가 황홀한 것을 발견한 것처럼 그녀가 탄성을 터뜨렸다.

소은설의 입술이 진운룡의 손목으로 향했다.

진운룡은 그런 그녀를 제지하지 않고 조용히 지켜봤다.

따끔!

그때, 그녀의 이가 진운룡의 손목을 파고들었다.

진운룡의 미간에 주름이 잡혔다.

하지만 그녀의 행동을 막지는 않았다.

문득 짐작 가는 것이 있었기 때문이다.

쪼옥!

소은설이 손목에서 흘러나오는 선혈을 탐했다.

"하아……!"

진운룡의 피가 목을 타고 흘러 들어가자 소은설이 몸을 비틀며 교성을 터뜨렸다.

그녀는 그렇게 세 번을 반복해서 진운룡의 피를 마셨다.

그리 많은 양은 아니고, 기껏해야 작은 술잔 하나를 채울 정도의 양이었다.

진운룡의 피를 세 번째 흡수한 소은설은 마치 언제 그랬냐는 듯 다시 눈을 감고 스르륵 무너져 내렸다.

기혈은 안정되어 있었고, 호흡도 고르게 돌아온 상태였다.

어느새 온몸을 달구던 뜨거운 열기도 사라져 있었다.

진운룡은 바닥에 쓰러진 소은설을 조심스럽게 안아 올려 침대에 눕혔다.

그의 시선이 소은설과 자신의 손목을 번갈아 향했다.

'부작용인가…….'

그간 별 일이 없어서 조금은 안심하고 있었는데, 이제야 부작용이 나타난 모양이었다.

하기야 죽었던 사람이 다시 살아났는데, 아무런 대가

가 없을 리가 없었다.

'일종의 발작인가……'

이런 일이 앞으로도 계속될지 아니면 또 다른 부작용이 나타날 것인지 알 수가 없었다.

'일단 내 피를 마시면 부작용을 막을 수 있다는 말인데……'

혈교주의 기억 중에 죽은 자를 되살리는 부분에 대해서도 있었다.

하지만, 소은설과는 많이 달랐다.

혈교주의 피를 마시고 살아난 이들은 혈교주에게 종속되고 그의 말만 따르는 꼭두각시가 된다.

어찌 보면 살아 있는 강시와 비슷한 상태였다.

의식도 그다지 생전처럼 명확하지 않았고, 피에 대한 갈증이 심했다.

혈교주의 기억에 의하면 소림 방장이던 공지가 그 경우였다.

살아 있는 인간처럼 자연스럽게 움직이고 무공도 가지고 있었지만, 이지를 상실하고 피에 대한 본능과 혈교주에 대한 복종만이 남아 있는 상태.

그러고 보니 소은설을 혈교주에게 데리고 가면 살릴수 있다던 홍혜란의 말을 듣지 않은 것이 참으로 다행이라 생각되었다.

만일 그랬다면 소은설은 공지처럼 되었을 것이다.

진운룡이 쓸쓸한 눈빛으로 소은설을 바라봤다.

그녀의 얼굴과 제갈여령의 얼굴이 겹쳐졌다.

그의 손길이 소은설의 볼을 스치듯 지나쳤다.

잠시 멈칫 하던 진운룡이 그대로 몸을 일으켜 방을 빠져나왔다.

＊　　　　＊　　　　＊

다음 날 아침, 소은설은 아무 일도 없었다는 듯 멀쩡한 모습으로 깨어났다.

"으음……."

몸을 일으키자 약간의 현기증이 찾아왔다.

그녀는 간밤에 또 제갈여령이라는 여인이 되는 꿈을 꿨다.

"운랑……."

그녀의 얼굴에 복잡한 표정이 어렸다.

지금 그녀는 분명 소은설이었지만 동시에 제갈여령이었다.

머릿속이 무척 혼란스러웠다.

제갈여령의 기억들, 그리고 감정들이 그대로 그녀의 머릿속에 머물고 있었다.

진운룡에 대한 감정 역시 마찬가지였다.

'대체 나는 누구일까······.'

분명 죽었다가 살아난 이후로 일어난 변화였다.

그때, 죽음의 순간 경험했던 현실 같던 환상.

그 환상은 이후로도 매일 밤 그녀의 꿈속에 나타났다.

진운룡과 함께했던 시간들, 혈마를 잡기 위해 그를 찾아가 그를 처음 만난 순간, 홀로 혈마와 혈교를 무너뜨리고 광인이 되었던 진운룡을 마주했을 때, 혈신대법의 저주를 풀기위해 함께 연구하던 일.

그 모든 순간들이 다 자신이 겪은 것처럼 또렷하게 가슴에 남아 있었다.

진운룡을 생각하면 가슴 한편이 아려왔고, 자기도 모르게 눈물이 흘렀다.

머릿속에 넘쳐나는 감정들을 주체할 수가 없어 너무도 혼란스러웠다.

"일어났느냐?"

그때, 문 밖에서 진운룡의 목소리가 들려왔다.

그 어색한 노인 같은 말투에 그녀가 피식 웃음을 터뜨렸다.

오랜 기억 속의 그도 항상 똑같은 말투를 썼다.

기껏해야 약관으로 보이는 그의 외모와는 전혀 어울리지 않는 그 말투에 항상 몰래 웃음 짓고는 했다.

'아…… 또…….'

소은설이 눈살을 찌푸렸다.

또다시 자신이 마치 제갈여령이 된 것처럼 느껴졌던 것이다.

"휴……."

그녀가 길게 한숨을 내쉬던 그때, 방문이 열렸다.

"몸은 좀 어떠하냐?"

진운룡이 걱정스러운 목소리로 물었다.

그에게서 이토록 감정이 실린 목소리를 들을 수 있는 것은 결코 흔한 일이 아니었다.

"괘, 괜찮아요."

빤히 쳐다보는 진운룡의 시선에 소은설이 얼른 고개를 숙였다.

우우웅!

그때, 부드러운 기운이 소은설의 온몸을 감쌌다.

소은설은 곧 그것이 진운룡이 펼쳐낸 기운임을 알았다.

기운은 그녀의 몸 안 곳곳을 돌아다녔다.

왠지 진운룡 앞에서 발가벗겨지는 듯한 느낌에 소은설의 볼이 붉게 달아올랐다.

다행히도 기운은 곧바로 사라졌다.

"별다른 이상은 없는 듯하구나."

어젯밤 일을 기억하지 못하는 소은설이 조금은 의아한 눈으로 진운룡을 바라봤다.

별다른 일이 있었던 것도 아닌데, 조금은 과하다 싶을 정도로 진운룡이 신경을 쓴다고 느낀 것이다.

소은설의 표정을 읽은 진운룡이 천천히 물었다.

"혹시 어젯밤 일을 기억하지 못하는 것이냐?"

"어, 어젯밤이라뇨?"

영문을 알 리 없는 소은설이 어리둥절한 얼굴로 되물었다.

"흠…… 지금부터 내 말을 잘 듣거라."

잠시 고민하던 진운룡이 조심스럽게 입을 열었다.

진운룡은 어젯밤 있었던 일과 그녀가 죽었다 살아남으로 인해 얻게 된 부작용에 대해 이야기해 주었다.

"피, 피를 마셨다고요?"

믿어지지 않는다는 얼굴로 소은설이 물었다.

진운룡이 고개를 끄덕이자 소은설의 얼굴이 창백해졌다.

"그럼, 앞으로도 또 그런 일이 일어날 수 있다는 건가요?"

"아마도…… 그럴 가능성이 크다."

소은설은 충격을 받은 듯 잠시 멍하니 허공을 응시했다.

'내가 사람의 피를 마시다니…….'

그렇지 않아도 죽었다 다시 살아난 후로 자신의 정체성에 대해 고민하던 그녀였다.

한데, 이젠 스스로가 정말 인간인지조차 알 수 없는 상황이 되었다.

거기까지 생각이 미쳤을 때, 문득 그녀의 시선이 진운룡을 향했다.

그가 얼마나 자신의 저주를 풀고 싶어 하는지 그녀의 기억 속에 또렷이 남아 있었다.

'그는 백 년이 넘도록 이런 고통을 겪었겠지…….'

직접 자신에게 그 상황이 닥치고 보니 진운룡이 처음 느꼈을 두려움과 고통이 이해되었다. 그리고 왜 그가 이토록 저주를 푸는 것에 집착하는지도 이해됐다.

그런 진운룡 앞에서 자신이 힘들어하는 모습을 보이는 것은 참으로 민망하고 미안한 일이었다.

그때, 진운룡의 낮고도 단호한 목소리가 들려왔다.

"내가 반드시 이 저주를 풀 방법을 알아낼 것이다."

그의 심연과도 같은 눈동자가 소은설을 뚫어져라 바라보고 있었다.

그 눈을 바라본 순간 소은설은 마음이 안정되는 것을 느꼈다.

왠지 모르게 진운룡의 말에 믿음이 갔다.

그녀의 머릿속을 하얗게 지워버렸던 충격은 언제 그랬냐는 듯 사라져 버리고 없었다.

"나도 도울게요."

자신도 모르게 튀어나온 스스로의 말에 소은설은 깜짝 놀랐다.

그런데, 어쩐지 그녀는 자신이 할 수 있는 일이 있을 것 같았다.

놀랍게도 머릿속에 혈신대법에 대한 기억이 또렷하게 남아 있었다.

제갈여령이 연구했던 지식들과 기억들이 어떻게 된 영문인지 고스란히 머리에 들어 있던 것이다.

진운룡의 눈에 이채가 일었다.

소은설의 태도가 이전과 많이 달라졌기 때문이었다.

말투나 행동이 점점 제갈여령과 비슷해져 가고 있었다.

'대체⋯⋯.'

그럴수록 진운룡의 마음은 그녀에게 쏠렸다.

진운룡과 소은설, 두 사람은 아무 말 없이 한동안 시선을 맞췄다.

진운룡의 눈빛을 마주하자 소은설은 얼굴이 붉어지고 심장이 세차게 방망이질 쳤다.

제갈여령의 기억이 없었던 때에도 자신도 모르게 진운

롱에게 끌렸던 그녀였다.

제갈여령의 기억까지 겹쳐진 지금은 도무지 자신의 마음을 주체할 수 없었다.

"혈교주에게서 원하던 것은 얻으셨나요?"

진운룡의 시선을 피해 고개를 돌린 그녀가 슬쩍 화제를 바꿨다.

제갈여령의 기억이 떠오르게 되면서 진운룡이 목표로 하고 있는 바를 알게 된 그녀였다.

"얻지 못했다."

진운룡이 씁쓸한 표정으로 답했다.

그런 그를 소은설이 안쓰러운 얼굴로 바라봤다.

"이제 어찌하실 건가요?"

"글쎄……."

아직 확실한 답을 내리지 못한 상황이었다.

정 안 되면 황궁으로 쳐들어가는 수밖에 없었다.

잠시 생각에 잠겨 있던 소은설이 조심스럽게 입을 열었다.

"몇 번 부딪혔던 동창 무사들도 혈신대법을 쓰고 있었지요?"

진운룡의 두 눈에 다시 한 번 이채가 일었다.

혈신대법이라는 단어가 소은설의 입에서 나왔기 때문이다.

"네가 어떻게 혈신대법에 대해 알고 있는 것이냐?"

소은설이 잠시 한숨을 내쉬었다.

"글쎄요. 사실 저도 잘 모르겠어요. 그냥 머릿속에 어느 순간 오래전 기억들이 떠올랐어요. 게다가 오늘 아침부터 더 선명해지고 있어요."

소은설은 차마 제갈여령에 대한 것은 말하지 못했다.

아직 스스로도 너무 혼란스러웠기 때문이다.

"어찌 되었든 진 공자께서 원하시는 것을 얻으려면 이제 동창을 조사해야겠군요."

진운룡이 고개를 끄덕였다.

"문제는 놈들을 상대하려면 황궁으로 들어가야 한다는 것이지."

황궁 외에는 대부분의 동창 조직이 음지에 숨어 있었기 때문이다.

"황궁에 들어가지 않고 놈들을 찾을 방법이 있다면 좋겠군요?"

진운룡이 묘한 눈으로 소은설을 쳐다봤다.

어쩐지 이전의 그녀와는 다르게 느껴졌기 때문이다.

일전의 소은설은 그다지 똑똑한 아이는 아니었다.

게다가 깊게 생각하는 것을 싫어했다.

한데, 오늘 그녀의 모습은 그것과 전혀 어울리지 않았다.

'어쩐지……'

마치 제갈여령을 보는 듯했다.

"혈신대법에는 제물이 필요해요. 동창이 소녀들을 납치한 이유도 그 때문일 거예요."

진운룡의 시선을 느끼지 못했는지 소은설은 진지한 표정으로 말을 이었다.

"동창에 혈신대법과 관계된 자들이 있다면, 아마도 또 그런 짓을 저지를 가능성이 높아요."

그녀의 입에서 막히지 않고 술술 말이 쏟아져 나왔다.

"하오문에 부탁해서 갑자기 아이들이 사라지거나, 많은 수의 사람들이 실종된 곳이 있는지 조사하면 그들의 꼬리를 잡을 수 있을 거예요."

말을 마친 그녀가 흠칫 놀라 눈을 동그랗게 떴다.

'내, 내가 언제 이렇게 똑똑해졌지?'

마치 처음부터 자신의 머릿속에 들어 있었던 것처럼 너무도 자연스럽게 지금의 상황이 이해되고, 앞으로 해야 할 일과 그 방법들이 떠올랐다.

잠시 멍하니 있던 그녀가 그제야 진운룡의 시선을 느끼고 고개를 돌렸다.

한동안 아무 말도 없이 그녀를 바라보던 진운룡이 한 번 고개를 젓고는 입을 열었다.

"네 말대로 하는 것이 좋겠구나. 그럼 오후에 하오문

분타부터 찾아가 보도록 하자. 일단은 푹 쉬어라."

진운룡은 복잡한 마음을 숨기며 소은설의 방을 빠져나
왔다.

*　　　*　　　*

오후가 되어 진운룡 일행은 하오문 개봉 분타로 향했
다.

개봉 분타는 외곽에 위치한 백 평 정도 하는 이 층짜
리 도박장 건물이었다.

일, 이 층은 도박장으로 운영되고 있었고, 지하에 따
로 제법 넓은 공간이 있어 그곳이 하오문의 지부 역할을
하고 있었다.

개봉이라는 큰 도시에 비해서는 규모가 작은 편이었는
데, 그도 그럴 것이 개봉에는 개방의 총타가 위치해 있기
때문에 하오문으로서는 그들의 눈치를 볼 수밖에 없기
때문이다.

구학이 나서서 도박장 입구를 지키던 덩치들에게 몇
마디 하자 별다른 확인 절차 없이 일행을 지하로 안내했
다.

지하 지부로 들어서던 진운룡의 미간에 주름이 잡혔
다.

"허허허, 어서 오시오!"

어떻게 알았는지 하오문주 곽지량이 그들을 기다리고 있었기 때문이다.

하오문주정도 되면 문파를 관리하는 것만 해도 정신없이 바쁠 터인데, 진운룡이 있는 곳에는 항상 그가 나타나니 조금 과하다 싶은 면이 있었다.

"허, 저 자는 대체 왜 우리 뒤만 졸졸 따라다니는 게냐?"

적산이 못마땅한 얼굴로 구학에게 물었다.

"그, 글쎄요. 사부님께선 원채 종잡을 수 없는 분이라, 저도 그 속을 알 수가 없습니다."

난감한 얼굴로 구학이 답했다.

"그렇게 서 있지들 말고 안으로 들어오시구려."

곽지량이 일행을 지부 안쪽으로 안내했다.

"하하하! 이번에 혈교주와 혈교 무리들을 혼자 때려잡으셨다구요. 이거 정말 진 공자야 말로 강호의 새로운 대영웅이구려."

접객실로 안내된 일행이 자리에 앉자 곽지량이 입이 마르도록 진운룡에게 찬사를 보냈다.

하지만, 진운룡은 잠시 눈살을 찌푸렸을 뿐, 아무런 대꾸도 하지 않았다.

진운룡이 별다른 반응을 보이지 않자 곽지량이 조금

겸연쩍은 얼굴로 헛기침을 했다.

적산은 그 모습을 보고 고소하다는 듯 코웃음을 쳤고 구학은 안절부절못하며 양쪽의 눈치를 살폈다.

"그래, 오늘은 무슨 용건이 있으신 게요?"

곽지량이 먼저 입을 열었다.

"동창의 움직임에 대해 정보를 얻고 싶소."

"음…… 동창이라……."

진운룡의 말에 곽지량이 침음성을 흘렸다.

동창은 하오문뿐만 아니라 개방도 함부로 건드리기 어려운 곳이었다.

또한 그들의 움직임 자체가 워낙에 은밀히 이루어지기 때문에 정보를 얻는 것 자체도 힘들었다.

"쉽지 않은 일이구려. 솔직히 하오문의 능력으로는 장담할 수 없는 일이외다."

진운룡이 고개를 끄덕였다.

진운룡의 일이라면 발 벗고 나서던 곽지량이 이리 말할 정도면 정말로 가능성이 높지 않다는 이야기다.

"하면, 최근 어린 소녀들이나 사람들이 대량으로 실종되고 있는 지역을 알아봐 주시오."

"그것이라면 그다지 어렵지 않소. 내 각 지부에 연통을 넣도록 하리다. 대신……."

곽지량이 눈을 빛내며 진운룡을 바라봤다.

어차피 아무 조건 없이 자신을 도와주리라 생각지는 않았기에 진운룡은 담담한 얼굴로 곽지량의 다음 말을 기다렸다.

"전에도 말했듯이 진 공자께서 훗날 이 곽 모의 부탁을 한 번 들어주셨으면 하오. 물론 도리에 어긋나거나 무리한 부탁을 드리지는 않을 것이오."

진운룡이 고개를 끄덕였다.

도움을 받았으면 갚는 것이 당연했다.

목숨이 걸려 있거나 하오문의 이익을 위해 도리에 어긋나는 일을 의뢰하지 않는 한, 진운룡은 곽지량의 부탁을 들어줄 생각이었다.

진운룡의 대답에 곽지량의 표정이 밝아졌다.

"좋습니다! 그럼 부탁하신 일은 결과가 나오는 대로 장원으로 사람을 보내도록 하겠소이다."

진운룡 일행은 곽지량의 배웅을 받으며 장원으로 돌아왔다.

*　　　　*　　　　*

무당산 홍무생이 머물고 있는 숙소로 오결 거지 하나가 헐레벌떡 달려왔다.

"태, 태상방주님!"

숙소 방문이 열리며 홍무생이 머리를 내밀었다.

"무슨 일인데 그리 호들갑이냐!"

오결 거지 방삼의 호들갑에 홍무생이 눈살을 찌푸렸다.

"바, 방주님께서 돌아오셨습니다!"

홍무생이 두 눈을 부릅떴다.

"뭐라! 구 방주가 살아 돌아왔단 말이더냐?"

무려 한 달 가까이 소식이 없던 구천엽이 갑자기 나타났다는 말에 홍무생이 그대로 방을 뛰쳐나왔다.

그간 구천엽이 혈교 잔당들과의 싸움에서 죽었다고 여겨 개방의 분위기는 극도로 가라앉은 상태였다.

홍무생에게도 구천엽은 아끼는 제자였다.

그의 실종 소식에 마음이 답답하던 차였는데, 이렇게 살아 돌아왔다는 이야기를 듣게 되니 마음이 급해질 수밖에 없었다.

"지금 어디에 있다 하더냐."

"낙양에 처음 나타나셨고, 지금은 개봉으로 향하고 계시다고 합니다.

"개봉으로 지금 당장 가자."

홍무생은 여장도 챙기지 않은 채 그대로 무당산을 나서 개봉으로 향했다.

　　　　*　　　　　*　　　　　*

　자금성 중화전(中和殿).

　용상에 앉은 황제 앞에 도중문이 고개를 숙인 채 시립해 있었다.

　황제를 독대하는 대부분의 신하가 오체투지하는 것과 달리 상당히 파격적이면서도 불경한 태도였다.

　그럼에도 불구하고 황제는 아무런 제재도 하지 않았다.

　오히려 마치 당과를 달라고 조르는 아이처럼 무언가 조급한 얼굴로 도중문을 바라보고 있었다.

　"황사, 어찌 되었소? 아직 먼 것이오?"

　그런 황제와 달리 도중문의 얼굴은 덤덤했다.

　"폐하. 조금만 기다리옵소서. 신단의 완성이 눈앞에 다가와 있사옵니다. 다만……."

　도중문이 말꼬리를 흐리자 황제가 안절부절못하며 보챘다.

　"다만 무엇이오? 무슨 문제라도 있는 것이오?"

　도중문이 잠시 뜸을 들이다 못이기는 척 입을 열었다.

　"시간을 단축시키기 위해서는 제물이 더 필요하온데……."

　"그럼 제물을 더 마련하면 될 것인데 무엇이 문제란

말이오?"

황제의 두 눈동자에는 흐릿한 기운이 깃들어 있었다.

"이미 제물을 위해 많은 소녀들을 잡아들인 상태이옵니다. 여기서 더 소녀들을 잡아들인다면 백성들의 원성이 거세질 것이옵니다."

황제가 코웃음을 쳤다.

"흥! 나라가 있어야 백성이 있는 법이 아니오. 짐이 곧 이 나라 명(明)이거늘, 짐과 나라를 위해 희생하는 것이야말로 이 나라의 백성된 자로서 가장 큰 영광일진데 감히 어떤 불온한 자들이 그것을 거부하고 원성을 토해낸단 말이오. 황사께서는 그런 걱정 말고 필요한대로 소녀들을 잡아들이도록 하시오. 만일 황명을 거역하는 자들이 있다면 역도로 다스릴 것이오."

붉어진 눈으로 소리치는 황제를 향해 도중문이 고개를 조아렸다.

"신 황명을 받들어 최선을 다해 신단을 완성하겠나이다!"

"고맙소. 내 황사만 믿겠소이다."

황제가 용좌에서 내려와 도중문의 두 손을 맞잡았다.

고개를 숙인 도중문의 두 눈이 희미하게 빛났다.

*   *   *

홍무생이 무당산을 떠나 개봉 총타에 도착하는 데는 겨우 보름밖에 걸리지 않았다.

급한 마음에 최대한 경공을 발휘하여 달려왔기 때문이다.

그가 아무리 강호에서 손꼽는 경공의 달인이라 하지만, 보름 내내 경공을 사용하여 달리는 것은 쉬운 일이 아니었다. 때문에 개봉에 도착했을 때는 진기가 마르고 체력이 대부분 소진된 상태였다.

"천엽이가 여기 있느냐!"

총타에 도착하자마자 숨을 돌릴 틈도 없이 홍무생이 소리쳤다.

"태상방주님!"

관제묘 밖을 지키던 개방 제자들이 얼른 일어나 홍무생에게 고개를 숙였다.

소란을 듣고 관제묘 안에 있던 거지들이 모습을 드러냈다.

그중에는 개방 방주 구천엽의 얼굴도 보였다.

"구 방주! 살아 있었구나!"

홍무생이 달려가 구천엽의 두 손을 꽉 잡았다.

그에 비해 구천엽의 반응은 조금 미적지근했다.

"오랜만에 뵙겠습니다."

죽었다 살아온 사람치고는 너무도 덤덤한 표정과 목소리였다.

"방주께서 혈교 무리와 싸우시다 머리에 부상을 당하셔서 기억이 조금 가물가물 하신 모양입니다."

구천엽 옆에 있던 낙양 분타주 양광이 홍무생에게 설명했다.

"그, 그게 무슨 소리냐? 머리를 다치다니!"

홍무생이 걱정스러운 얼굴로 구천엽을 바라봤다.

"이제 몸에는 별다른 이상이 없고 기억만 조금 흐릿할 뿐입니다."

구천엽이 아무것도 아니라는 듯 태연하게 말했다.

"어디, 손목을 좀 내밀어 보거라, 내가 좀 살펴봐야겠다."

"하하하, 다른 제자들도 있는데 너무 호들갑 떠실 필요 없습니다. 일단은 안으로 드시지요."

구천엽이 슬쩍 홍무생의 손길을 피하며 그를 관제묘 안쪽으로 안내했다.

구천엽과 홍무생은 관제묘 안에 마주 앉았다.

낙양 분타주 양광을 비롯한 개방의 몇몇 간부들도 함께 자리했다.

"대체 어떻게 된 것이냐? 그간 어디에 있었던 게야?"

홍무생이 조바심 어린 얼굴로 물었다.

"혈교 무리에게 쫓기다 크게 부상을 입어 한동안 움직일 수 없었습니다."

"그래, 몸은 좀 괜찮으냐?"

걱정이 가시지 않은 얼굴로 홍무생이 물었다.

"하하하, 너무 걱정 마십시오. 이제는 모두 회복된 상태입니다."

"쯧쯧, 웃을 일이 아니야. 내상은 쉽게 낫지 않는 법이야. 게다가 혈교 놈들의 사이한 무공은 겉으로는 괜찮아도 결코 안심할 수 없어. 혹시 모르니 내가 직접 살펴봐야겠다. 손목을 내밀어 보거라."

"하하, 굳이 수고하실 필요 없습니다. 이미 몇 번을 확인했습니다."

"어허! 어서 내밀어 보래도!"

홍무생이 계속 재촉하자 구천엽이 마지못해 오른 손목을 내밀었다.

손목을 잡은 홍무생이 눈을 지그시 감고 구천엽의 몸 내부를 살폈다.

자신의 기운을 천천히 흘려 넣어 기혈과 진기의 움직임을 확인했다. 다행히도 구천엽의 말대로 혈맥과 장기에 별다른 이상이 보이지는 않았다.

"응? 이게 무엇이지?"

잠시 동안 구천엽의 내부를 살피던 홍무생이 무언가 이상한 것이라도 발견한 듯 눈살을 찌푸렸다.

순간, 구천엽의 손이 미끄러지듯 홍무생의 손아귀에서 빠져나갔다.

동시에 구천엽이 홍무생의 목젖을 향해 수도를 날렸다.

"뭐, 뭐하는 짓이냐!"

전혀 예상치도 못한 구천엽의 갑작스러운 공격에 홍무생이 깜짝 놀라 소리쳤다.

하지만, 십이천 중에서도 다섯 손가락 안에 꼽힐 실력을 가진 그였다.

구천엽의 갑작스런 공격에도 불룩하고 그의 대응은 무척 빨랐다.

고개를 살짝 왼쪽으로 피한 그가 왼손을 들어 구천엽의 수도를 쳐냈다.

"이놈! 대체 이게 무슨 짓이냐! 그리고 그 사이한 기운은 무엇이더냐!"

홍무생은 구천엽의 몸속을 살피던 중 내부에서 꿈틀대던 마기 덩어리를 발견했다.

그것은 그가 상대했던 혈교의 무리들이 내뿜던 기운과 몹시 흡사했다.

"후후, 역시 썩어도 준치라고, 십이천이라는 이름값이

허명은 아니구나! 내가 본래 힘의 반만 회복했어도 네놈 정도는 일 초식도 안 될 텐데!"

구천엽이 비소를 흘리며 홍무생의 명치와 사타구니를 공격했다.

"너, 너는 천엽이 아니구나! 정체가 무엇이냐!"

홍무생이 경악한 눈으로 소리쳤다.

상대가 자신의 제자가 아님을 눈치챈 것이다.

퍽! 퍼퍽!

공격을 막아낼 때마다 손이 저릿할 정도로 상대의 실력이 뛰어났다. 십이천인 홍무생과 대등한 실력을 보이고 있는 것이다.

본래의 구천엽이라면 상상도 못할 일이다.

"뭣들 하느냐! 당장 이 사악한 악적을 제압하거라!"

홍무생이 주변의 개방도들에게 명했다.

그러자 양광을 비롯한 장로와 수뇌부들이 달려들었다.

한데, 그때였다.

퍼퍼퍽!

"커억!"

묵직한 타격음과 함께 홍무생이 피를 토해냈다.

놀랍게도 양광과 수뇌부들이 구천엽이 아닌 홍무생에게 손을 쓴 것이다.

구천엽의 공격에 모든 신경이 집중되어 있던 차에 당

한 갑작스런 공격에 홍무생은 손도 써보지 못하고 그대로 치명적인 일격들을 허용하고 말았다.

"네, 네놈들이…… 어찌……."

몸도 제대로 가누지 못하는 홍무생이 믿을 수 없다는 얼굴로 자신을 공격한 개방도들을 바라보았다.

"후후, 피의 주인께서 우리를 새로 태어나게 해주셨다! 이제 곧 네놈도 주인의 은혜를 받아 다시 태어나게 될 것이다."

"크으으…… 이, 이럴 수가. 개, 개방이……."

홍무생의 흐릿해지는 시야에 붉은 안광을 빛내며 다가오는 구천엽의 모습이 보였다.

6장
실종

장원 뒤뜰에서 진운룡이 적산의 수련을 지켜보고 있었다.

적산의 움직임은 전과는 비교도 할 수 없을 정도로 힘이 넘치고 절제되어 있었다.

어느새 해가 바뀌고 이월이 되어 마당에 제법 눈이 쌓였다.

진운룡 일행이 개봉에 머문 지 두 달을 넘어섰으나, 그간 하오문에서는 별다른 정보를 얻지 못했다.

생각 외로 정보를 수집하는 데 어려움이 있는 모양이었다.

정보를 얻기 전에는 움직일 수가 없었으니, 진운룡으로서는 그저 기다리는 수밖에 없었다.

두 달 동안 진운룡은 적산을 가르치고 소은설의 상태를 살피는 데 열중했다.

그 시간이 적산에게는 무척 도움이 되었다.

놀랍게도 그는 드디어 화경을 넘어섰다.

적산의 나이가 이제 스물다섯에 불과함을 생각하면 적산이야말로 천하의 기재라 할 수 있었다.

물론, 거기에는 진운룡이 몇 차례 진기를 주입해 무려 오 갑자의 공력을 갖게 해준 것이 큰 도움이 되었음을 부정할 수는 없었다.

하지만 그걸 감안한다 해도 충분히 경악스러운 결과였다.

화경의 경지는 공력의 양이 많다하여 이를 수 있는 경지가 아니다. 무공에 대한 지고한 깨달음이 있어야 했다.

이제 서른도 넘지 않은 데다 진운룡에게 제대로 무공을 배우기 시작한 것은 일 년도 채 되지 않은 적산의 성장 속도는 진운룡조차도 혀를 내두를 정도로 놀라운 것이었다.

재밌는 사실은 구학 역시 상당히 성장했다는 사실이었다.

비록 천성이 게을러 수련을 멀리했던 구학인지라 그간

무공이 발전하는 속도가 더딜 수밖에 없었으나, 자질 자체는 본래부터 하오문주가 제자로 들였을 정도로 뛰어났다.

그런 구학에게 적산은 딱 맞는 스승이었다.

매에는 장사 없다고 그토록 게으르던 구학도 적산에게 꽉 잡혀 수련에 열중하다보니 본래의 자질이 빛을 발한 것이다.

그 덕에 정체해 있던 무공이 일류 끄트머리에 다다를 정도로 상당히 발전했다.

구학 스스로도 놀랄 정도의 성장이었다.

소은설 역시 그간 많은 것이 변했다.

그녀는 혈신대법에 대해 연구하기 시작했다.

자신과 진운룡의 상태에 대해 정확하게 파악하기 위해서였다.

그녀는 마치 생전의 제갈여령처럼 연구에 몰두했다.

이전의 소은설이라면 생각지도 못할 변화였다.

또한, 진운룡과 소은설은 서로의 피를 마셔야 하는 기묘한 관계가 되었다.

죽음에서 부활한 뒤로도 소은설의 피는 이전과 같이 마기를 정화하는 효과가 있었던 것이다.

그러다보니 둘의 관계도 조금 더 가까워질 수밖에 없었다.

소은설은 보름에 한 번 발작을 했다.

두 번에 걸쳐 그것을 확인한 뒤, 진운룡은 보름이 되기 전 소은설에게 자신의 피를 먹였다.

미리 피를 먹이니 보름이 되어도 발작이 일어나지 않았다.

적산의 수련을 보며 진운룡이 그간의 기억을 더듬고 있을 때였다.

"공자님!"

구학이 호들갑을 떨며 뒤뜰로 달려왔다.

그 옆에는 곽지량과의 연락을 담당하던 하오문도가 함께하고 있었다.

진운룡의 시선이 구학과 하오문도에게 향했다.

구학의 들뜬 표정을 보니 드디어 기다리던 정보를 가지고 온 것이 분명해 보였다.

"문주께서 지난번 부탁하신 일로 뵙자고 하십니다."

진운룡의 두 눈이 빛났다.

'드디어 꼬리를 잡은 것인가.'

놈들을 잡을 수만 있다면 그간의 지루한 기다림이 충분히 보상받을 수 있을 것이다.

진운룡은 서둘러 일행을 데리고 하오문 개봉 분타로 향했다.

＊　　　　＊　　　　＊

"하하하, 어서 오시오 진 공자. 기다리고 있었소."

곽지량이 늘 그렇듯이 호탕한 웃음을 터뜨리며 진운룡을 반겼다.

"정보는?"

진운룡은 거두절미하고 바로 본론으로 들어갔다.

"허허허, 성격이 급하기도 하구려. 오랜만에 만났는데 우선 차라도 한잔합시다."

곽지량이 수하를 시켜 차를 내오게 했다.

하지만 진운룡은 차에 손도 대지 않고 곽지량이 입을 열기를 기다렸다.

잠시 차를 음미하며 입술을 적시던 곽지량이 조심스럽게 입을 열었다.

"그간 꽤 오랜 시간 탐문을 벌였지만, 동창의 꼬리를 잡는 것에는 실패했소이다."

곽지량의 말에 진운룡의 미간에 주름이 일었다.

드디어 정보를 찾은 줄 알고 여기까지 한달음에 달려왔는데, 전혀 뜻밖의 대답을 들은 것이다.

'한데, 왜 쓸데없이 나를 이곳까지 부른 것이지?'

정보를 얻지 못했다면 굳이 진운룡을 이곳까지 부를

이유가 없었다.

그때, 소은설이 입을 열었다.

"동창에 대해 아무런 정보도 얻지 못했는데도 문주님께서 진 공자를 부르신 데는 그만한 이유가 있으시겠죠? 혹 다른 정보를 얻은 것인가요?"

곽지량이 잠시 이채 어린 눈으로 소은설을 바라보았다.

"물론, 정보를 찾지 못했는데도 공자를 이곳까지 부른 데는 그만한 이유가 있소이다."

곽지량은 수하에게서 몇 개의 두루마리를 건네받았다.

"조금 수상한 움직임들이 발견되었기 때문이오."

두루마리를 진운룡에게 건넨 곽지량이 말을 이었다.

"첫째로, 낙양과 이곳 개봉에서 포착된 사건들인데, 본래 우리는 어린 소녀들이나, 일반인들의 실종에 대한 정보를 찾고 있었소. 하지만 두 달여 동안 별다른 정보를 얻지 못했지요. 한데, 최근 들어 한 가지 이상한 일들이 일어나기 시작했소. 낙양과 개봉에서 일반인들이 아닌 강호의 무인들이 실종된 것이오. 실종된 무인들이 주로 낭인이거나 문파에 소속되지 않은 자유 무사들이어서 함부로 단정을 짓지는 못하오. 어차피 낭인들이나 자유 무사들은 여기저기 떠도는 자들이니 행적이 분명한 이들이 별로 없기 때문이오."

낭인이나 자유 무사들은 특별한 연고지도 없었고, 일거리에 따라 여기저기 떠도는 자들이었기에 일이 끝나면 사라지고, 일거리가 생기면 갑자기 다시 모습을 나타내기도 한다.

그들의 행적을 신경 쓰는 이들 역시 없으니, 그들이 사라졌다 해서 아무도 별다른 관심을 갖지 않았다.

"한데, 문제는 낙양과 개봉 두 도시에서 그들의 실종이 눈에 띄게 많이 일어났다는 점이오. 개중에 몇몇은 아직 일이 끝나지 않았는데도 갑자기 사라져 버렸소."

"낭인이 돈을 포기하고 갑자기 사라졌다고요?"

소은설이 눈을 가늘게 뜨며 물었다.

돈에 목숨을 거는 그들이었다.

그런 자들이 임무가 끝나지도 않았는데 받을 돈을 포기하고 사라졌다.

그것도 한두 명이 아니라 수십 명이.

충분히 의심이 가는 상황이었다.

"그러고 보니 혈교에서도 무인들을 납치하지 않았나요?"

소은설의 아버지 역시 혈교에 납치당해 자아를 빼앗기고 지금의 상태가 되었다.

"분명 수상하군……."

진운룡이 미간을 찌푸리며 말했다.

정황상 충분히 조사해 볼 가치가 있었다.

"또 다른 정보는?"

"이것은 조금 애매하기는 한데……."

곽지량이 조심스럽게 말을 이었다.

"동창에 관련된 것은 아닌데, 최근 조정에서 궁녀들을 모집하고 있소이다."

"궁녀 모집요?"

구학이 뭔 소리냐는 듯 자신의 사부를 쳐다봤다.

궁녀 모집은 그다지 특이할 것이 없는 일이었기 때문이다.

보통 삼 년에 한 번씩 모집하고, 필요에 따라 수시로 충원하기도 했다.

"한데……."

무언가를 생각하는 듯 잠시 수염을 쓰다듬던 곽지량이 말을 이었다.

"그 수가 너무 많소이다. 새해 들어 관청에서 초경을 하지 않은 어린 소녀들을 모두 쓸어가다시피 하고 있소. 현재 개봉만 해도 오백 명이 넘는 아이들이 궁녀로 차출된 데다가 지금도 그 수가 불어나고 있는 중이오."

진운룡의 눈동자가 빛났다.

개봉만 오백에 이른다면 다른 성과 도시를 모두 합칠 경우 만 명을 훌쩍 넘기는 어마어마한 숫자다.

그것도 한 번의 모집으로 이렇게 많은 궁녀를 뽑은 것이다.

보통 명 황실의 궁녀 숫자는 많아야 구천 명 정도였던 것을 생각하면 확실히 비정상적인 일이었다.

"죽여도 시원찮을 동창 개잡놈들이 전에도 어린 소녀들을 납치하지 않았소?"

적산이 적의가 가득한 얼굴로 말했다.

"하지만 이 일은 동창이 관여되어 있다는 증거가 발견되지는 않았소이다. 조정에서 직접 황명이 내려와 관청이 나서서 하는 일이오. 하니, 그것만 가지고 그때 그 동창 무리들과 연관되었다 보기는 힘듭니다."

확실히 그랬다.

궁녀를 많이 뽑는다는 것만으로 혈신대법과 연관이 있다 주장하기는 어려웠다.

"관청 역시 별다른 수상한 점은 보이지 않았소. 단지, 한 가지 더 걸리는 것이라면……."

목이 타는지 차를 한 모금 마신 곽지량이 말을 이었다.

"모집한 소녀들을 황궁까지 호위하는 이들 중에 관병이 아닌 낯선 이들이 보인다는 것이오."

"그들이 동창이 아닐까요?"

소은설의 말에 곽지량이 고개를 저었다.

"글쎄, 확실치는 않지만 동창의 복장은 아니라는 보고

다. 하지만 관병이나 포졸들과도 다른 복장이라는 거지. 물론, 그렇다고 동창이 아니라고는 확신할 수 없다. 워낙 비밀스러운 놈들이라 몰래 숨겨두었던 조직일 수도 있으니 말이다."

"둘 다 의심이 가는 구석이 있군."

진운룡이 생각에 잠겼다.

분명 두 정보 다 조사해 볼 가치가 있었다.

문제는 어느 쪽을 먼저 조사하느냐는 것이다.

"제 생각엔 일단 무림인들의 실종에 대해 조사하는 것이 좋겠어요."

소은설이 조심스럽게 말했다.

"궁녀 쪽을 조사하려면 결국 관병과 상대를 해야 해요. 그들은 정식 황명을 받고 움직이는 것이니 아무런 근거도 없이 달려들다가는 자칫 역도로 몰릴 수도 있어요."

역도로 몰린다 해도 두려울 것은 없었으나, 굳이 명분도 없이 관을 적으로 만들 필요는 없었다.

진운룡이 살인을 밥 먹듯이 하는 마인이 아닌 이상 가는 곳 마다 관군들이 길을 막아선다면 움직임에 제약을 받을 수밖에 없었기 때문이다.

진운룡 역시 소은설의 의견에 동의하는지 고개를 끄덕였다.

"한데, 무림인의 실종은 어디서부터 알아봐야 하는

거요?"

적산이 뚱한 얼굴로 물었다.

사라진 무인들을 어떻게 찾을지, 그들을 데려간 자들
이 누구인지 알아낼 마땅한 방법이 쉽게 떠오르지 않았
다.

"우선 이곳 개봉에서 사라진 무인들의 경우 마지막에
목격되었던 곳도 다들 제각각이고 어떤 특정한 세력이
개입되었다는 증거도 없소. 단, 한 가지 특이한 보고가
있긴 한데…….'

"대체 무슨 보고요? 질질 끌지 말고 말해 보시오!"

적산이 답답한 듯 목소리를 높였다.

"그것이…… 화월루라는 기루에서 일하는 미월이라는
기녀가 조금 수상한 것을 목격했다고 하오."

"미월이라면 하오문 개봉 지부의 그 미월?"

구학이 아는 이름인 듯 반응했다.

그녀는 하오문의 개봉 지부에 속해있는 기녀였다.

"그래."

"거 참, 그래서 무엇을 목격했다는 거요?"

적산이 답답한 듯 곽지량을 재촉했다.

"미월이란 아이가 실종 낭인 중 하나를 마지막으로 목
격했는데, 마침 그자가 술에 취해서 기루에 물건을 놓고
갔던 모양이야. 해서 그자가 기루를 나간 뒤 급히 그자의

뒤를 따라 나섰는데, 그때 수상한 것을 목격한 것이지."

미월은 기루 밖으로 나와 낭인을 찾았다.

다행히도 그는 멀리 떨어지지 않은 곳에서 휘청대며 걷고 있었다.

막 그를 불러 세우려던 미월의 눈에 묘한 광경이 잡혔다.

개방도인 듯 보이는 거지 둘이 일정한 거리를 두고 낭인을 뒤따르고 있었던 것이다.

일반인들이 봤다면 그냥 같은 방향으로 걷고 있는 것이라 여길 수도 있을 정도로 자연스러운 움직임이었으나, 하오문도인 그녀는 두 거지들의 시선이 낭인에게 향하고 있음을 놓치지 않았다.

물론, 술에 취해서 휘청대는 낭인의 모습에 잠깐 눈이 간 것일 수도 있었다.

하지만 다음 순간, 그녀가 확신을 가질 수 있게 만든 일이 벌어졌다.

그녀가 일부러 낭인을 크게 소리쳐 부른 순간 거지들이 급히 방향을 바꾸어 사라졌기 때문이다.

"개방도가요?"

소은설이 이채를 띤 얼굴로 물었다.

"하나, 그것만으로는 연이은 실종과 관련이 있다고 확신할 수 있는 상황은 아니다."

단지 그 낭인과 개방 간에 무언가 일이 얽혀있을 가능성도 있었다. 그 한 가지 상황만으로 모든 무인의 실종에 개방이 관계가 있다고 보는 것은 억측에 가까웠다.

"게다가 사마의 무리도 아닌 개방에서 그런 일에 관련이 있을 턱이 없지 않느냐?"

"일전에 혈교의 잔당이 숨어 있던 곳도 개방이었소."

진운룡이 냉정한 목소리로 말했다.

그가 생각하기에는 충분히 가능성이 있는 이야기였다.

홍혜란이 끌어들인 자들이 얼마나 남아 있을지 알 수 없었기 때문이다.

물론, 홍무생이 개방의 사활을 걸고 반드시 혈교의 잔당을 모두 색출해내겠다고 약속했다. 하지만 그다지 믿음이 가지는 않았다.

홍혜란 때 못했던 것을 이제 와서 완벽하게 처리할 수 있다고 장담하기 어려웠기 때문이다.

"흥! 주군의 말이 맞소. 망할 거지 놈들이라면 충분히 그럴 가능성이 있지!"

진운룡이 생각에 잠겼다.

개방과는 홍혜란의 일부터 참으로 지독한 악연이라 할 수 있었다.

이미 한 번 총타를 무너뜨리다시피 흔들어 놨으니, 막무가내로 쳐들어가기는 조금 저어되는 면이 있었다.

'일단 은밀하게 총타를 조사해 봐야겠군.'

진운룡이 숨고자 한다면 강호에서 그의 종적을 찾아낼 수 있는 이는 없었다.

혼자서 은밀히 총타를 조사하는 편이 소란도 줄이고, 괜히 상대를 어설프게 건드려 타초경사(打草驚蛇)의 우를 범하는 일을 방지할 수 있을 것이다.

"일단 나도 나름대로 조사를 해볼 테니, 혹 가능하다면 하오문에서도 개방의 동향을 살펴주시오."

"하하하, 이왕 진 공자의 부탁을 들어주기로 하였으니 끝까지 책임을 져야지요. 내 아이들을 시켜 개방의 동향을 살피도록 하겠소. 혹 수상한 움직임이 있으면 바로 진 공자께 전해드리리다."

곽지량이 흔쾌히 진운룡의 부탁을 받아들였다.

진운룡은 곽지량에게 사의(謝意)를 표한 뒤 일행과 함께 장원으로 돌아왔다.

＊　　　＊　　　＊

장원에 돌아오니 진운룡 일행을 기다리는 낯익은 손님이 있었다.

"그간 잘 지내셨소. 진 공자?"

소은설이 그를 보고는 반가운 얼굴로 인사했다.

"신 대협! 오랜만이네요."

그는 바로 신도무적 신웅이었다.

"허허, 소 낭자도 반갑구려. 낭자는 전보다 더 아름다워진 것 같소이다."

일행과 신웅이 인사를 나누었다.

적산이 특히 신웅을 반가워했다.

함께 대련을 하며 제법 친분을 쌓았기 때문이다.

"한데, 대체 어쩐 일이오? 혹, 이 적산과 다시 한판 붙어보고 싶어 온 거요? 후후."

"하하, 물론, 자네와 다시 손을 섞어보고 싶은 마음도 있기는 하지. 하지만 아쉽게도 오늘 여기에 온 목적은 따로 있다네."

신웅의 표정이 갑자기 어두워졌다.

"무슨 일이 있으신 건가요?"

신웅의 표정에서 무언가 좋지 않은 분위기를 느낀 소은설이 조심스럽게 물었다.

"사실……."

잠시 망설이던 신웅이 씁쓸한 얼굴로 말을 이었다.

"오늘 내가 이곳에 온 것은 무림맹의 진언을 진 공자에게 전하기 위함이네."

"무림맹이요?"

신웅의 표정을 보니 무림맹의 진언이 결코 진운룡에게

좋은 내용은 아닌 듯했다.

"대체 그 작자들이 뭐라고 했기에 얼굴이 똥 씹은 표정이요?"

적산이 못마땅한 얼굴로 물었다.

"그것이…… 진 공자에게 무당산으로 출두하라는 명령이 내려졌네."

신웅이 머뭇거리며 말했다.

"허, 별 거지 같은! 지들이 뭔데 주공께 이래라 저래라 명령질이야?"

적산이 어이가 없다는 듯 목소리를 높였다.

"이유는?"

진운룡이 무표정한 얼굴로 물었다.

"휴…… 그게…….”

한숨을 길게 내쉰 신웅이 어렵게 입을 열었다.

"진 공자가 마인인지, 아니면 정도를 걷는 자인지 확인하기 위해서라오."

"허…….”

구학도 기가 막힌다는 듯 혀를 찼다.

말을 전한 신웅 역시 죄인이라도 된 듯 고개를 들지 못했다.

무림맹의 명은 신웅 자신이 생각해도 억지였기 때문이다.

"큭큭, 지 놈들이 무슨 신이라도 되는 줄 아는 모양이지? 감히 겁도 없이 주군께 이빨을 드러내다니, 간덩이가 배 밖으로 튀어나왔군."

적산이 조소를 지었다.

혈교 잔당들에게 만신창이가 되어 도망친 주제에 자존심만 살아서 진운룡을 오라 가라 하는 꼴이 우스웠던 것이다.

"그래서 만일 마인이라면 어쩐답디까? 힘도 없는 늙은이들이 주군한테 달려들기라도 하겠답디까?"

적산이 비웃음이 가득한 얼굴로 말했다.

"그대가 미안해할 것 없소."

진운룡이 담담한 목소리로 신웅에게 말했다.

보지 않아도 훤했다.

다른 자들을 보내면 진운룡이 상대도 안 해줄 가능성이 높았기에 어느 정도 친분이 있는 신웅을 보낸 것이다.

신웅이야 진운룡과 함께하며 그가 어떤 사람인지 겪어 보았기에 무림맹의 처사가 얼마나 어리석고 잘못된 것인지 알고 있을 것이다.

하지만 맹주 남궁진천의 부탁을 거절할 수는 없었을 것이니, 신웅에게도 여러모로 껄끄러운 임무였을 것이다.

"그때나 지금이나 변한 것이 없군."

진운룡이 차갑게 말했다.

백오십 년 전 결국 제갈여령을 죽음에 이르게 한 그들의 추악한 탐욕이 또다시 꿈틀대고 있었다.

그들은 자신들이 만들어 놓은 세계에 불확정적 요소가 끼어드는 것을 싫어한다.

자신들에게 도전해 오는 존재는 무참히 짓밟아 말살해 버린다. 오직 그들만이 정의이고 그들에 반하는 이들은 사마(邪魔)의 무리로 규정해 배척하고 단죄한다.

백오십 년 전 혈마를 죽인 진운룡에게서 그들은 두려움을 느꼈다.

무림이 멸망에 이를 정도로 강력한 힘을 가진 혈마와 혈교를 오직 혼자서 멸한 존재가 바로 진운룡이었다.

만일 그런 진운룡이 그들의 위에 서려 마음먹는다면 무슨 일이 벌어지겠는가.

대체 누가 그것을 막을 수 있을까.

진운룡은 결코 제어할 수 없는 절대적 위험 요소였다.

아니, 그동안 그들이 쌓아온, 그리고 누려왔던 모든 것을 파괴할 수 있는 폭약과도 같았다.

결국 그들이 선택한 것은 늘 그래왔듯이 불확정적 요소의 제거였다.

그들은 먼저 진운룡이 혈마를 죽였다는 사실을 숨겼다.

그 사실은 오직 구파일방과 세가의 수뇌부들 몇몇만이

알고 있었다.

진운룡은 자신의 공을 내세우는 이가 아니었기에 그들의 행동을 그다지 신경 쓰지 않았다.

어차피 진운룡이 혈마를 죽인 것은 무림맹을 위해서가 아니라 제갈여령의 부탁을 이행하기 위해서였기 때문이다.

하지만, 보이지 않는 곳에서 은밀히 그에 대한 음모가 진행되고 있음을 알지 못했다.

그들은 진운룡을 마인으로 몰았고, 제갈여령을 압박해서 진운룡을 제거하도록 했다.

그 일에 앞장선 것은 제갈세가였다.

제갈여령을 통해 진운룡의 상태를 알고 있었던 그들은 진운룡의 약점을 파고들었다.

그들의 계획은 혼원구궁마라진으로 진운룡을 가두고 피를 섭취하지 못한 진운룡이 약해졌을 때 각파의 고수들이 협공하여 제거하는 것이었다.

그러나, 그들은 진운룡을 너무도 과소평가했다.

강호에 진운룡을 가둘 수 있는 진법은 존재하지 않았고, 그들 모두가 덤빈다 해도 진운룡을 어찌할 수 없었다.

그 사실을 너무도 잘 알고 있었던 제갈여령이 선택할 수 있었던 유일한 방법은 죽음이었다.

그녀는 결코 진운룡을 배신할 수도 없었으며, 진운룡이 제 이의 혈마가 되는 것도 원하지 않았다.

그래서 그녀는 스스로의 목숨을 바쳐 진운룡과 무림의 충돌을 막았던 것이다.

옛 기억을 떠올리자 진운룡은 마음이 어지러워졌다.

그녀를 죽음으로 몰아간 자들이 또다시 자신에게 칼을 들이밀려 하고 있었다.

사실 이런 상황이 올까봐 처음부터 되도록 충돌을 피하려 애썼다.

진운룡 자신만이라면 결코 그런 신경을 쓰지 않았을 것이다. 아니, 애초에 혈귀곡을 나와 다시 세상에 발을 들여놓지도 않았을 것이다.

하지만 그들은 과거와 같이 진운룡의 주변 사람들을 노릴 것이다. 제갈여령을 협박해 암수를 썼듯이 소은설, 혹은 적산을 노릴 것이다.

홍혜란이 그랬듯 소은설을 납치해 진운룡을 협박하거나, 소은설의 아버지(이미 본인이라 할 수 없는 상태였지만)를 이용해 진운룡을 배신하게 만들 수도 있다.

겉으로는 정파의 허울을 쓴 그들이지만, 충분히 그런 치졸한 수를 쓰고도 남을 자들이다.

태생부터 이익집단인 세가는 물론이거니와 구파일방도 마찬가지였다.

애초에 주먹질, 칼질을 하면서 도를 찾고 부처를 찾는 짓이 얼마나 위선적이고 이율배반적인가.

진운룡의 가슴 한구석에서 차가운 분노가 피어올랐다.

그간 제갈여령의 마지막 유언을 지키기 위해 그들이 저지른 죄를 용서하고 복수를 접었던 그다.

한데, 다시 한 번 똑같은 일이 벌어지려 하고 있었다.

그의 인내심에도 한계가 있었다.

그가 이제껏 자신을 낮추고(물론 진운룡 스스로의 기준에서) 그들에게 대우를 해주었던 것은 오로지 제갈여령 때문이었고, 쓸데없는 귀찮음을 피하기 위해서였다.

하지만, 상대가 내 손발을 자르고 목을 치려하는데 가만히 앉아 목을 빼고 기다릴 수는 없는 일이었다.

'결국 여령의 죽음은 내 탓이다…….'

진운룡은 너무도 물렀고, 무심했다.

그들이 처음 발톱을 드러냈을 때, 그들이 하듯이 뿌리까지 짓밟아 감히 다시는 자신에게 이를 드러낼 생각조차 할 수 없도록 만들었어야 했다.

'이번에는 결코 그때처럼 방관하지 않으리라!'

순간 진운룡의 몸에서 막강한 기운이 뿜어져 나와 사방을 내리눌렀다.

"으음……."

순식간에 주변을 장악한 거대한 압력과 등골을 시리게

만드는 살기에 신웅이 침음성을 흘렸다.

"그들에게 전하라."

기운을 풀지 않은 채 진운룡이 말했다.

그의 목소리에는 혼백을 공포에 떨게 만드는 무시무시한 위압감이 담겨 있었다.

"내가 바로 백오십 년 전에 혈마의 목을 치고 혈교를 멸했던 장본인이다. 한데 겨우 혈교의 떨거지들에게 쩔쩔매는 자들이 나에게 발톱을 드러내다니, 오만한 것은 내가 아니라 네놈들이구나. 비록 그때의 약속 때문에 이제껏 네놈들의 가소로운 도발을 용납해 주었으나, 이제 더 이상의 도발은 간과하지 않을 것이다. 그나마 하찮은 대장 놀음을 계속하고 싶으면 주제를 알고 자중하라!"

진운룡의 목소리가 심웅의 뇌리 속에 송곳처럼 틀어박혔다. 마치 뇌에 단어 하나하나를 직접 새겨 넣는 것만 같았다.

신웅은 거대한 압력과 두려움에 혈마를 직접 죽였다는 진운룡의 이야기조차 귀에 들어오지 않았다.

'아, 앞으로 이 일을 어쩐단 말인가…….'

신웅의 얼굴이 창백해졌다.

만일 진운룡이 손을 쓰기로 결심한다면 지금 강호에서 누가, 아니 어느 단체가 그를 막을 수 있을까.

무림 전체가 진운룡을 적으로 돌린다면 그는 무림 전

체를 무너뜨릴 것이다. 충분히 그럴 능력이 있었다.

하지만, 남궁진천과 각 문파의 수뇌들은 결코 자신들의 생각을 바꾸지 않을 것이다.

그들은 그간 너무 자신들의 힘에 취해서 안주해 왔다.

그들이 보기에 진운룡은 아무리 뛰어나다해도 개인에 불과했다. 개인이 아무리 날뛰어봐야 온 강호를 상대할 수는 없다고 보는 것이다.

결국, 그들은 정보를 왜곡하고 대중들을 선동해 진운룡을 강호 공적으로 만들어 처리하려 할 것이다.

그들의 잘못된 판단이 결국 강호를 파국으로 몰아넣을 것이 불을 보듯 훤했다.

신웅의 표정이 어떻든 진운룡은 냉정하게 마지막 마침표를 찍었다.

"한 자도 빠짐없이 그대로 전하라!"

진운룡의 차가운 축객령에 신웅이 축 늘어진 어깨를 한 채 장원을 떠나갔다.

*   *   *

삼경이 지난 늦은 밤.

개방 총단은 생각보다 경계가 삼엄했다.

진운룡은 개방도들이 눈치채지 못할 만큼 거리가 떨어

진 곳에서 자리를 잡고 총단을 살폈다.

사실 실제적인 총단은 겉에 보이는 관제묘가 아닌 그 지하에 위치해 있다.

관제묘 아래에 삼천 평이 넘는 공간이 감추어져 있는 것이다.

만일 개방이 이번 사건에 관련이 있고, 납치된 자들이 아직 살아 있다면 이곳에 잡혀있을 가능성이 컸다.

그 많은 인원을 숨기기에 이곳만큼 적합한 곳도 없었다.

공간과 은밀성 면에서도 그렇고, 누가 감히 개방의 총단을 함부로 뒤지려 하겠는가.

진운룡은 잠시 관제묘를 뚫어져라 바라봤다.

진운룡으로서도 그 넓은 지하를 감지해 내기란 쉽지 않은 일이었다.

그렇다고 거지들이 가득한 관제묘 입구를 뚫고 조용히 지하로 침투하는 것도 불가능했다.

'할 수 없군…….'

진운룡이 결심을 한 듯 주변을 살폈다.

그는 총타에서 떨어져 홀로 있는 개방도를 찾았다.

얼마의 시간이 흐른 후, 볼일을 보려는 모양인지 개방도 중 하나가 바지춤을 추스르며 외진 곳으로 향했다.

진운룡은 그자를 발견한 즉시 몸을 날렸다.

마치 유령과도 같은 움직임으로 개방도에게 다가간 진운룡이 번개처럼 그자의 혈을 짚었다.

"헉!"

털썩!

막 바지를 끌어내리려던 개방도가 그대로 석상처럼 굳은 채 땅에 쓰러졌다.

그때, 진운룡이 쓰러진 개방도를 향해 손을 뻗었다.

팟!

동시에 개방도의 손목에 가느다란 혈선이 그어졌다.

그러자 혈선으로부터 한 줄기 핏물이 허공으로 솟아올랐다.

스스스—

혈선으로부터 흘러나온 핏줄기는 곧장 진운룡의 손바닥으로 빨려 들어갔다.

진운룡의 눈동자가 핏빛으로 물들었다.

창백한 얼굴에 악귀의 형상이 겹쳐졌다.

흡혈은 그리 길지 않은 시간동안 이루어졌다.

잠시 후 흡혈을 멈추고 몸을 일으킨 진운룡이 감각을 끌어올렸다.

흡혈을 통해 몇 배로 증가된 감각이 사방으로 퍼져나갔다.

관제묘 주변 기의 흐름이 마치 눈앞에 보이는 것처럼

하나하나 느껴졌다.

진운룡은 관제묘 지하로 감각의 범위를 확장했다.

수많은 움직임과 기운이 느껴졌다.

그 안에는 개방도들이 뿜어내고 있는 기운이 가장 많이 섞여 있었다.

진운룡은 이질적인 기운들을 찾기 시작했다.

납치된 무림인들이 이곳에 있다면 수련한 심법이 다르므로 개방도들과는 다른 기운을 뿜어내고 있을 것이기 때문이다.

물론, 그들이 아직 살아 있다는 전제 하에서다.

'응?'

한동안 지하를 살피던 진운룡의 얼굴에 의문이 떠올랐다.

그가 원했던 기운은 찾지 못했지만, 그것과는 다른 묘한 자극이 느껴졌기 때문이다.

무언가 딱 꼬집어 이야기할 수는 없었지만, 왠지 모를 거부감이 느껴졌다.

그의 심연에 가둬둔 광기를 자극하는 그것.

마치 백오십 년 전 혈마를 찾아갔을 당시 느꼈던 느낌과 비슷했다.

순간, 진운룡의 얼굴이 딱딱하게 굳었다.

"혈신대법!"

그것은 분명 혈신대법에서 느껴지는 끈적한 피비린내였다.

진운룡은 더 이상 생각할 것도 없이 즉시 관제묘를 향해 신형을 날렸다.

"누구냐!"

"멈춰라!"

관제묘 밖을 지키던 개방도들이 진운룡의 갑작스런 등장에 날이 선 목소리로 소리쳤다.

진운룡은 그들을 단숨에 뛰어넘어 곧장 관제묘 문 앞에 내려섰다.

개방도들이 미처 타구진을 펼칠 틈도 없었을 정도로 빠른 속도였다.

"이놈!"

문을 지키던 개방도들이 급히 진운룡을 향해 달려들었다.

퍼퍼펑!

하지만 그들은 진운룡에게 닿기도 전에 마치 벽에라도 부딪힌 듯 달려들던 속도 그대로 반대편으로 튕겨나갔다.

관제묘 안쪽에 들어선 진운룡은 곧장 지하로 향하는 입구를 찾았다.

"막아라!"

관제묘 안에 머물던 십여 명의 개방도들이 죽장을 휘

두르며 진운룡을 향해 몸을 날렸다.

우우우웅!

순간 진운룡을 중심으로 거대한 기파가 빛살처럼 뿜어져 나왔다.

기파에 휩쓸린 죽장들이 그대로 터져 나갔다.

죽장을 들고 달려들던 개방도들 역시 그 충격으로 비틀대며 뒷걸음질 쳤다.

진운룡의 눈길이 관제묘 한가운데 위치한 계단으로 향했다. 지하 총단으로 향하는 입구였다.

"못 간다!"

진운룡의 시선을 눈치챈 개방도들이 필사의 각오로 입구를 막아섰다.

진운룡의 두 눈에서 혈광이 뿜어져 나왔다.

가뜩이나 흡혈의 여파로 광기가 슬그머니 머리를 들고 있는 상태다.

그런 상황에서 개방도들이 자꾸 앞을 막아서자 분노가 솟구쳐 올랐던 것이다.

그대로 모두 한 줌 핏물로 만들어 버리고 싶었지만, 이들이 과연 혈신대법과 관계가 있는지 확실하지 않은 상황이었다.

아무 죄도 없는 자들을 함부로 죽일 수는 없었다.

진운룡은 끓어오르는 광기를 억누르며 천천히 양손을

들어올렸다.

푸슈슈슛!

동시에 여러 갈래의 지풍이 개방도들을 덮쳤다.

"컥!"

"허억!"

투명한 선이 직격하는 순간, 지하로 통하는 입구를 막고 있던 개방도들이 짚단처럼 퍽퍽 쓰러졌다.

아무런 방해도 받지 않고 그 사이를 통과한 진운룡이 계단으로 미끄러지듯 몸을 날렸다.

지하에 내려서자 관제묘를 지키던 자들보다 한층 실력이 뛰어난 이들이 그를 막아섰다.

"너, 너는 진운룡!"

"이게 무슨 짓이냐!"

개방도들이 진운룡을 알아보고는 분노한 얼굴로 소리쳤다.

어찌 보면 진운룡은 그들에게는 원수나 마찬가지였다.

이미 진운룡에 의해 총타가 쑥대밭이 된 굴욕스러운 경험이 있었고, 그들에게는 신과도 같던 태상방주 홍무생의 오른팔을 자른 자이기도 했다.

일반 문파라 해도 이러한 일을 당했으면 문파의 사활을 걸고 상대에게 복수하려 했을 것이다. 하물며 개방은 어떠하랴.

개방이 혈교와 연관이 있었다는 치부 때문에 적극적으로 진운룡에 대한 복수를 말할 수는 없지만, 속으로는 개방도들 모두 진운룡을 당장에라도 찢어죽이고 싶은 것이 당연했다.

진운룡을 막아선 개방도들의 얼굴에도 그런 감정이 숨김없이 드러나 있었다.

하지만 진운룡은 그들의 사정을 신경 써줄 만큼 여유롭지 않았다.

어느 정도 진정은 되었지만, 아직 흡혈로 인한 광기 때문에 짜증이 밀려왔던 것이다.

진운룡이 처음으로 입을 열었다.

"비키지 않는 자들은 혈신대법과 관련이 있는 것으로 알고 손에 사정을 두지 않겠다."

조용하고 낮은 목소리였으나, 듣는 사람의 등골을 서늘하게 만드는 위압감이 담겨 있었다.

개방도들은 그의 말에 모두 움츠러들었으나, 몸을 비켜서지는 않았다.

오히려 손을 떨면서도 타구봉을 들어 올리며 전의를 다졌다.

진운룡이 눈살을 찌푸렸다.

개방도들의 모습에서 왠지 모를 이질감을 느꼈던 것이다.

그러고 보니 총단의 가장 깊숙한 곳에서 혈신대법과 관계된 무언가가 벌어지고 있는데 이들이 아무것도 모르고 있다는 것 자체가 말이 안 됐다.

'설마……'

그제야 그는 개방도들의 눈동자 한가운데에 붉은 빛이 어려 있음을 발견했다.

소림에 있던 혈교의 무리들과 비슷한 모습이었다.

'이자들 모두?'

진운룡의 미간이 좁혀졌다.

총단에 있는 개방도들이 모두 혈교의 무리나 혈신대법을 사용하는 또 다른 세력에게 포섭되었다면 문제가 커진다.

소림의 충격이 가시기도 전에 개방이 또다시 그와 비슷한 무리들에게 침습당한 것도 모자라, 개방도들 마저 그들의 꼭두각시가 되었다는 사실이 알려진다면 강호에 가해질 충격은 상상을 초월할 것이다.

하지만, 진운룡은 곧장 쓸데없는 걱정을 접었다.

강호에 무슨 일이 일어나든 지금 자신에게 중요한 것은 혈신대법에 대한 비밀을 풀어내는 것이었다.

마음을 정리한 진운룡이 곧장 신형을 날렸다.

*　　　*　　　*

개방 총단 가장 깊숙한 곳에 위치한 오십 평 정도 되는 석실.

피비린내가 자욱한 그곳에는 그야말로 경악할 만한 광경이 펼쳐져 있었다.

바닥은 물론 벽까지 모두 시뻘겋게 피 칠갑을 한 석실에는 의미를 알 수 없는 기묘한 문자들과 그림, 도형들이 가득 그려져 있었고, 그 사방에는…….

백 개에 가까운 사람의 심장이 일정한 모양을 이루며 놓여 있었다.

심장은 그 주인에게서 뽑혀 나온 지 얼마 되지 않은 듯 아직 핏물이 흥건하게 흘러내리고 있었다.

심장에서 흘러내린 핏물들은 바닥에 그려진 선들을 타고 석실 한가운데로 향했고, 그곳에는 석실과 마찬가지로 온몸에 피 칠갑을 한 인형 하나가 가부좌를 튼 채 앉아 있었다.

그때, 마치 석상처럼 굳어 있던 인형의 두 눈이 갑자기 열리며 혈광이 한차례 석실을 휩쓸었다.

무언가 이상함을 느낀 인형이 자리에서 일어섰다.

인형이 자리에서 일어난 순간, 그를 온통 뒤덮었던 핏물이 흔적도 없이 그의 몸 안으로 흡수되어 사라졌다.

핏물이 사라지며 드러난 인형의 정체는 바로 개방방주

구천엽이었다.

"무슨 소란이지?"

"침입자가 있는 듯합니다."

구천엽의 목소리에 석실 안으로 들어온 자는 놀랍게도 홍무생이었다.

"침입자라고? 대체 어떤 놈이!"

구천엽이 미간을 좁혔다.

아직 대법이 끝나려면 멀었는데 침입자로 인해 방해를 받았으니 분노가 일어야 마땅했지만, 그의 감이 심상치 않은 느낌을 주고 있었다.

게다가 소리가 들려오는 것을 보니, 침입자가 관제묘를 지키는 인원들을 모두 뚫고 이미 지하로 진입한 듯했다.

이곳이 어떤 곳인가.

강호 제일 방파인 개방의 총단이 바로 이곳이었다.

감히 개방 총단에 난입해 소란을 피울 간 큰 자가 천하에 몇 명이나 될까.

혹여 그런 자가 있다고 해도 관제묘를 지키는 개방도들을 모두 쓰러뜨리고 이곳에 도달할 수 있는 자는 결코 강호에 많지 않았다.

그만큼 침입자가 만만치 않은 인물이라는 이야기였다.

콰콰쾅!

멀지 않은 곳에서 폭음이 터져 나왔다.

순식간에 침입자가 코앞까지 다다른 것이다.

구천엽의 얼굴이 딱딱하게 굳었다.

'대체 어떤 놈인지 확인해 봐야겠군!'

구천엽이 홍무생과 함께 석실 밖으로 나가자, 다섯 명의 장로들이 문 앞을 지키고 있었다.

"앞장서거라!"

명이 떨어지자 장로들이 소란이 일고 있는 쪽을 향해 몸을 날렸고, 홍무생과 구천엽이 그 뒤를 쫓았다.

그런데 난투가 벌어지고 있는 곳으로 막 다가서던 구천엽이 갑자기 걸음을 멈췄다.

"저, 저놈은!"

구천엽이 무언가 못 볼 것이라도 본 듯 눈을 부릅떴다.

싸움이 벌어지고 있는 현장을 목격한 구천엽은 심장이 내려앉을 뻔했다.

그곳에는 백오십 년 전 자신을 죽인 자, 바로 진운룡이 서 있었기 때문이다.

'어떻게 이런 일이!'

구천엽은 말도 잇지 못한 채 석상이 되어 진운룡을 바라봤다.

그가 흡수한 구천엽의 기억에 의하면 이미 그 때로부터 백오십 년 가까이 흐른 시대였다.

한데도 진운룡의 모습은 그때와 하나도 변한 것이 없었다.

보통 인간이라면 아직까지 살아 있는 것조차 놀라운 일이었다. 물론, 자신을 죽일 정도의 경지에 다다른 무인이라면 아직까지 살아 있다 해도 이상할 것은 없었다.

'하지만, 그때와 조금도 변하지 않은 모습으로 나타나다니!'

구천엽은 자신이 잘못 본 것은 아닌지 다시 한 번 자세히 진운룡을 바라봤다.

그러나 얼굴은 물론, 풍기는 기운까지 분명 자신의 목을 베었던 그놈이 분명했다.

'설마……'

구천엽의 머릿속에 지금 상황이 가능할 수 있는 방법이 하나 떠올랐다. 당시에 자신이 펼쳤던 궁극의 혈신대법이라면 인간을 불로불사의 존재로 만들 수 있었다.

'설마 놈이 그때 그 대법을 나 대신 받은 것인가!'

구천엽의 두 눈에서 혈광이 터져 나왔다.

'어떻게 그런 일이 있을 수 있단 말인가!'

자신이 가까스로 펼친 대법의 열매를 엄한 놈이 훔쳐 간 것이 분명했다.

순간, 기운을 느낀 진운룡의 시선이 구천엽을 향했다.

진운룡과 눈이 마주친 구천엽은 정신을 번쩍 차렸다.

'지금 그런 것을 따질 때가 아니다! 현재 내 실력으로는 저놈에게 당할 수가 없어!'

아직 대법을 몇 차례 더 받아야 예전의 실력을 되찾을 수 있다.

예전의 실력을 모두 되찾는다 해도 승패를 장담할 수 없는 진운룡이었다.

지금 부딪힌다면 구천엽은 몇 초도 못 버티고 죽고 말 것이다.

퍼퍼퍼펑!

그때, 진운룡이 앞을 막아서던 개방도들을 날려버리고 구천엽을 향해 쏘아져 왔다.

이를 악문 구천엽은 도주하기로 결정을 내렸다.

진운룡에게 복수를 하고 싶은 마음은 굴뚝같았지만 일단은 목숨을 구하는 것이 중요했다.

우선 이곳을 벗어나 좀 더 힘을 키운 뒤 백오십 년 전의 복수를 몇 배로 갚아 줄 것이다.

"무슨 일이 있더라도 놈을 막아라!"

다급히 홍무생과 장로들에게 명을 내린 구천엽이 석실 안쪽으로 도주했다.

그곳에는 밖으로 통하는 비밀 통로가 있었다.

장로들과 홍무생이라면 자신이 도주할 정도의 시간은 벌 수 있을 것이다.

만일 진운룡이 그들을 뚫고 온다 해도 비밀 통로의 입구를 열어야 했다.

통로 입구를 막고 있는 문은 보통 재질이 아닌 만년한철이었다.

진운룡이 아무리 고수라 해도 삼 척이 넘는 두께의 만년한철을 순식간에 부술 수는 없을 것이다.

*   *   *

진운룡은 앞을 막아선 홍무생과 장로들을 보며 눈살을 찌푸렸다.

그들의 모습이 정상이 아니었기 때문이다.

얼굴과 피부에는 실핏줄이 불거져 있고, 두 눈에서는 혈광이 일었다.

게다가 마치 짐승처럼 으르렁거리는 모습이 이미 이지를 잃은 상태로 보였다.

이것은 혈교주에게서 읽어낸 기억 중 이미 죽은 자들을 자신의 피를 먹여 되살린 경우와 비슷했다.

어느 정도 이지는 있으나, 욕망과 본능에 충실한 꼭두각시. 어찌 보면 생강시와 비슷한 상태였다.

다만, 시전자가 따로 조종을 하지 않아도 스스로 명령에 따라 움직이며, 혈신대법을 받은 자들처럼 인간의 피를 마셔야 한다.

진운룡의 머릿속에 의문이 일었다.

'달아난 구천엽이 이들을 이리 만든 것인가?'

만일 그렇다면 구천엽이 혈교 잔당들과 연관되어 있을 수도 있다.

'아니지, 동창도 혈신대법을 사용한 것으로 보아 그들과 연관이 있거나 혹은, 제 삼의 세력일 수도 있지…….'

꼭 소림을 점령했던 혈교 잔당들과 연관이 있다고 확신할 수는 없는 상황이었다.

한 가지 의문점은 구천엽의 실력으로 홍무생과 장로들을 어떻게 제압했느냐는 것이었다.

일전에 보았던 구천엽은 무공의 경지가 그 정도로 높지 않았기 때문이다.

그의 실력으로는 장로들은 몰라도 홍무생을 쓰러뜨리는 것은 혹여 암습을 한다 해도 어림없는 일이었다.

그간 실력을 숨기고 있었다고 생각하는 것도 어패가 있었다.

만일 그렇다면 왜 진작 개방도들을 자신의 꼭두각시로 만들지 않았으며, 제물을 모아 혈신대법을 펼치지 않았단 말인가.

또 다른 의문점은 소림에서 만났던 혈교의 잔당들이

펼쳤던 혈신대법과 이곳에 있는 혈신대법의 기운이 조금 다르다는 것이다.

이곳에서 느껴지는 혈신대법의 기운은 오히려 백오십 년 전 혈마가 펼친 그것과 흡사했다.

그렇기에 진운룡이 앞뒤 안 가리고 무작정 이곳으로 쳐들어오지 않았던가.

'어차피 놈을 잡으면 해결될 일!'

진운룡은 의문을 접고 자신의 앞을 막아선 홍무생과 개방 장로들을 향해 걸어갔다.

"크으으으……."

순간, 홍무생과 장로들이 부채꼴 모양으로 퍼지며 진운룡을 둘러쌌다.

진운룡은 곧장 검을 빼들었다.

구천엽을 잡기 위해서는 한가로이 이자들을 상대할 시간이 없었기 때문이다.

홍무생이 가장 먼저 장력을 날렸다.

손바닥 모양의 붉은 강기가 진운룡을 향해 날아들었다.

한 팔밖에 남지 않은 홍무생이었으나, 그가 날린 강기의 위력은 결코 무시할 만한 수준이 아니었다.

아니, 오히려 전보다 더 강해진 듯 보였다.

쩌어엉!

진운룡의 검격과 장강이 부딪히며 공기가 찢어져 나갔다.

홍무생의 강기를 직접 접한 진운룡의 두 눈에도 이채가 일었다.

진운룡의 검격이 강기를 소멸시키기는 했으나, 그 위력이 생각했던 것보다 상당했던 것이다.

본래라면 자신의 검격이 강기를 소멸시키고 홍무생을 반으로 갈랐어야 했다.

'이상하군…….'

홍무생은 물론, 장로들도 기운이 전에 비해 훨씬 강했다.

아무래도 구천엽이 이들에게 무언가 수작을 부린 것이 분명했다.

"흥!"

진운룡이 콧방귀를 뀌었다.

어떤 수작을 부렸던 힘으로 부숴버리면 그만이었다.

그는 즉시 진기를 끌어올렸다.

구오오오!

어마어마한 진기의 파도가 사방을 덮쳤다.

달려들던 홍무생과 장로들도 더 이상 앞으로 나아가지 못하고 몸을 웅크려 진기의 파도를 막았다.

바로 그때, 진운룡의 검이 오른쪽에서 왼쪽으로 공간

을 가로로 갈랐다.

두우웅!

순간, 마치 거대한 북소리와도 같은 울림이 지하 공간을 휩쓸었다.

번쩍!

동시에 눈부신 섬광이 장로들과 홍무생을 덮쳤다.

콰아앙!

홍무생과 장로들이 비명조차 지르지 못하고 그대로 날아가 벽에 처박혔다. 그 위력이 얼마나 대단했던지 그들은 지하 석실 벽을 뚫고 화석처럼 박혀버렸다.

숨조차 쉬지 않는 것으로 보아 이미 죽은 것으로 보였다.

조금은 씁쓸한 눈빛으로 홍무생을 슬쩍 쳐다본 진운룡이 구천엽이 사라진 곳을 향해 걸음을 옮겼다.

그런데 그때였다.

죽은 듯 벽에 파묻혀 있던 장로들과 홍무생의 육신이 갑자기 급격히 부풀어 올랐다.

진운룡의 머릿속에 한 가지 기억이 떠올랐다.

'폭혈공!'

폭혈공은 몸 안의 피를 재료로 짧은 시간동안 잠력을 격발시키고 일정 시간이 지나거나 목숨을 잃으면 피가 끓어올라 육신이 폭발하는 수법으로, 죽은 혈교주의 기억 속에서 보았던 악독한 술법들 중 하나였다.

문제는 이 폭발이 어지간한 화탄에 맞먹을 정도의 파괴력을 지녔다는 것이다.

장로들과 홍무생의 육신이 폭발하게 된다면 그렇지 않아도 진운룡과 이들의 싸움 때문에 약해진 이곳 지하가 무너져 버릴 가능성이 컸다.

진운룡이 급히 진기를 끌어올렸다.

동시에 순식간에 부풀어 오른 홍무생과 장로들의 육신이 굉음을 내며 폭발했다.

콰아아아앙!

순간, 놀라운 일이 벌어졌다.

진운룡을 중심으로 황금빛 기의 막이 생성되더니 지하 공동을 겹겹이 감쌌다.

그러자 폭혈공의 충격파가 그 안에 갇혀 핏방울 하나도 빠져나가지 못했다.

잠시 후, 폭발로 인해 일어난 검붉은 폭연(爆煙)이 황금빛 기막 안에서 우르릉 거리다 소멸했다.

기막이 걷히고 드러난 진운룡의 모습은 그동안과는 달리 제법 헝클어진 상태였다.

옷 여기저기에 그을음이 묻어 있었고, 더러는 찢어진 곳도 보였다.

예상치 못했던 상황인 데다 지하가 무너지지 않도록

하기 위해 폭발의 여파를 그가 다 감당했기 때문이다

하지만 그럼에도 불구하고 몸에는 별다른 상처가 없었다.

"용의주도한 놈이군."

진운룡이 씁쓸한 표정으로 구천엽이 도망친 석실을 바라봤다.

그의 감각으로는 분명 막힌 곳으로 느껴졌다.

하지만 구천엽의 기척은 잡히지 않았다.

그렇다면 아마도 그곳에 밖으로 출입할 수 있는 통로가 있는 것이 분명했다.

이 정도 시간이라면 제법 멀리 달아났을 터였다.

석실에 들어선 진운룡은 서둘러 밖으로 향하는 통로를 찾았다.

겉으로 보이는 문이 없는 것으로 보아 어딘가에 비밀 통로가 있는 것 같았다.

진운룡은 감각을 끌어올렸다.

그러자 석실 동편 벽 한복판 뒤의 공간이 비어 있는 것이 감지되었다.

"역시!"

진운룡은 복잡하게 생각할 것도 없이 곧장 비밀 공간이 있는 벽을 향해 검격을 날렸다.

번쩍!

섬광과 함께 석벽이 쩍 하며 갈라졌다.

그러자 곧 드러난 광경에 진운룡은 혀를 찰 수밖에 없었다.

석벽이 부서지고 드러난 곳에는 시커먼 금속으로 된 문이 버티고 있었던 것이다.

"허!"

문에는 방금 전 진운룡이 날린 검격의 자국이 깊게 패여 있었다.

진운룡의 검격이 문을 잘라내지 못한 것이다.

그것으로 보아 문의 재질이 보통 금속이 아닌 듯했다.

게다가 한 치는 될 듯한 깊이로 검흔이 새겨졌음에도 뚫리지 않은 것으로 보아 그 두께 또한 상당해 보였다.

진운룡이 눈살을 찌푸렸다.

문의 재질이 혹시 만년한철이라 해도 못자를 것은 없었으나, 그 두께에 따라 시간이 걸릴 수도 있었다.

진운룡은 감을 끌어올려 달아난 구천엽의 기척을 찾았다.

"음……."

구천엽은 그 짧은 시간 동안에도 이미 삼백 장이 넘는 거리를 이동해 있었다. 놀라운 속도였다.

삼백 장이면 진운룡이 감지할 수 있는 한계까지 얼마 남지 않은 거리였다.

이 문을 자르든, 부수든 그때쯤이면 구천엽은 이미 진운룡의 감지 범위를 벗어나 버릴 것이다.

"하…… 결국 놓쳤군."

진운룡이 허탈한 표정으로 철문을 쳐다봤다.

거의 잡았던 것을 눈앞에서 놓치고 나니 그 허무함이 더했다.

도망친 구천엽이 마음먹고 숨어버린다면 다시 찾아내기가 쉽지 않을 것이다.

이제 남은 길은 둘 중 하나였다.

첫째는 구천엽이 흔적을 드러낼 때까지 기다리는 것.

놈이 아무리 꽁꽁 숨는다 해도 결국 인간의 피를 마시지 않고는 살아갈 수 없다.

언젠가는 그 흔적이 드러날 수밖에 없는 것이다.

문제는 그때가 언제가 될지 기약이 없다는 사실이었다.

'그렇다면 결국 동창을 파고들어야 하나…….'

관과 엮이는 것이 조금 껄끄럽기는 했지만, 어차피 그들과 부딪히는 것은 시간문제였다.

저주를 풀 수 있다면 그 정도의 귀찮음은 얼마든지 감수할 수 있었다.

마음을 정리한 진운룡은 미련 없이 석실을 빠져나갔다.

7장
습격

개봉 동쪽 외곽에 위치한 작은 객잔.

그곳에서 심상치 않은 기운을 풍기는 자들이 밀담을 나누고 있었다.

"그자가 장원을 빠져나갔다고 하오."

허리에 여러 개의 매듭을 묶은 거지가 조심스럽게 속삭였다.

한데, 그의 얼굴이 어쩐지 익숙했다.

자세히 보니 그는 바로 개방의 장로 왕규였다.

무당산에서 남궁진천의 의견에 목에 핏대를 올리며 찬동했던 자였다.

그뿐만 아니라 탁자 맞은편에 앉은 장년인도 낯이 익었다.

그는 역시 진운룡에 대해 좋지 않은 감정을 내비쳤던 모용세가의 가주 모용기중이었다.

두 사람과 함께하고 있는 이들은 모두 셋이었는데, 그 세 명 역시 왕규와 모용기중 못지않은 기세를 풍기고 있는 것으로 보아 보통의 인물들이 아님을 짐작할 수 있었다.

세 사람의 정체는 다름 아닌 맹주 남궁진천을 호위하는 천영십이수(天影十二手)였다.

대주 신립과 일 호 유선, 이 호 석운이 그들이었다.

천영십이수는 맹주를 호위하는 만큼 한명 한명이 고수 아닌 자가 없었다.

그런 그들이 맹주를 지켜야하는 임무를 저버리고 이곳에 있는 이유는 바로 진운룡 때문이었다.

사실, 진운룡에게 신응을 보낸 것은 미끼에 불과했다.

남궁진천은 어차피 진운룡이 자신의 통첩을 거절할 것이라 예상하고 있었다.

신응은 단지 명분을 세우기 위한 제물이었고, 신응을 보내면서 은밀하게 왕규와 모용기중을 비롯한 의천대를 개봉으로 보낸 것이다.

남궁진천도 바보가 아닌 이상 진운룡을 무력으로 어쩔

수 없다는 사실은 너무도 잘 알고 있었다.

그래서 노린 것이 그 일행들이다.

소은설과 적산.

소은설의 경우 정보에 의하면 진운룡이 강호에 처음 나타난 순간부터 지금까지 실과 바늘처럼 붙어 다니고 있었다.

남궁진천이 보기에 소은설이 진운룡의 여자라 생각해도 전혀 이상하지 않은 상황이었다.

게다가 적산은 제자에 가까운 수하였다.

제자와 정인을 인질로 삼아 위협한다면 진운룡도 함부로 움직일 수 없을 것이 분명했다.

해서 남궁진천은 자신과 뜻을 함께하는 왕규, 모용기중에게 은밀히 소은설과 적산을 잡아오라 명을 내린 것이다.

자신을 호위하는 천영십이수 열두 명을 함께 보내면서까지 말이다.

왕규의 말을 들은 모용기중의 두 눈이 빛났다.

"진운룡 그놈이 없는 것이 확실하오?"

"그렇습니다. 진운룡 그놈이 방금 장원을 빠져나가 그곳에는 이제 하오문 계집과 그 미치광이 사내 녀석만 남았소."

"놈이 눈치를 채진 않았겠지요?"

천영십이수의 대주 신립이 굳은 얼굴로 물었다.

"그럴 가능성은 없습니다. 일부러 무공을 익히지 않은 자를 고용해 장원을 감시했습니다."

"좋소, 기회군."

모용기중이 손바닥을 치며 자리에 모인 이들을 둘러봤다.

모용기중 자신은 화경을 넘어선 고수였고, 왕규와 여기 모인 세 사람은 초절정에 이른 고수다.

나머지 천영십이수도 모두 절정을 웃도는 실력을 가지고 있었다.

이 전력이면 계집 하나와 천방지축 미치광이 녀석 하나를 상대하는 데 차고 넘친다.

문제는 얼마나 은밀하게 일을 처리하느냐 하는 것이었다.

고개를 끄덕인 모용기중이 엄중한 얼굴로 입을 열었다.

"여러분들도 아시다시피 오늘 우리가 할 일은 정도인으로서 그리 떳떳한 짓은 아니오. 하나, 마귀를 잡으려면 우리도 마귀가 되어야 하오. 그러니 다들 독하게 마음먹으시오."

"물론입니다!"

왕규가 당연하다는 듯 목소리를 높였다.

천영십이수 세 사람도 조용히 고개를 끄덕였다.

"그럼, 놈이 돌아오기 전에 어서 움직입시다!"

"먼저 출발하십시오. 저희는 나머지 천영들을 이끌고 바로 뒤따르겠습니다."

모용기중과 왕규가 먼저 객잔을 나섰고, 잠시 후 열두 명의 그림자가 빠른 속도로 그 뒤를 따랐다.

*   *   *

달도 모습을 감춘 짙은 어둠 속에서 열네 명의 흑의인이 장원의 담을 조심스럽게 넘었다.

객잔을 빠져나온 모용기중, 왕규와 천영십이수가 바로 그들의 정체였다.

─우선 흩어져서 계집과 사내 녀석이 있는 방을 찾읍시다. 찾는 즉시 구적(口笛)으로 신호를 보내시오.

모용기중의 전음을 받은 일행이 다섯 갈래로 갈라졌다.

바로 그때였다.

"어떤 쥐새끼들이냐!"

맞은 편 건물 방문이 열리며 산발한 사내 하나가 한 자루 도를 쥔 채 모습을 드러냈다.

적산이 침입자의 기척을 느끼고 밖으로 뛰쳐나온 것이다.

모용기중과 일행의 움직임이 멈췄다.

"흥! 제 놈이 스스로 모습을 드러내다니, 찾는 수고를 덜었구나!"

모용기중이 코웃음을 쳤다.

하지만 속으로는 경계심이 더 깊어졌다.

최대한 은밀히 움직였음에도 자신들의 침입을 상대가 단번에 알아챈 것이다.

그것은 곧 적산의 경지가 생각했던 것보다 높다는 것을 뜻했다.

"흥! 악적의 개로구나! 목숨이 아까우면 당장 무릎을 꿇고 얌전히 투항하거라!"

왕규가 눈썹을 치켜 올리며 소리쳤다.

어느새 진운룡은 천하의 악적이 되어 있었다.

적산이 어이없다는 듯 입술을 뒤틀었다.

"하! 이제 보니 주제도 모르고 까불다가 주군께 박살 났던 개방의 거지새끼로구나! 핏덩이 놈들과 한패가 되어 어울렸던 거지 놈들이 감히 누구에게 악적이라 하는 것이냐? 게다가 주군께서 없는 틈을 타 도적놈처럼 몰래 침입하기까지 하다니, 겁 많은 벌레 새끼들답구나!"

왕규의 얼굴이 벌개졌다.

"이, 이런 죽일 놈! 뭘 기다리시오, 저 잡놈을 당장에 쳐 죽이지 않고!"

모용기중이 살짝 눈살을 찌푸렸다.

적산의 기세가 만만치 않았기 때문이다.

어쩌면 자신처럼 화경의 경지에 들어섰는지도 몰랐다.

'설마, 저 나이에 벌써 화경이라니……'

그것은 천하의 기재라던 남궁린조차도 이루지 못한 경지였다.

'하지만, 그래도 우리가 질 리는 없다.'

만일 적산의 경지가 화경을 넘어섰다 해도 이쪽은 화경 고수인 자신 외에도 초절정 넷, 그리고 절정 고수 아홉이 버티고 있다.

전력상 지려야 질수가 없는 싸움이다.

다만 생각했던 것보다 시간이 걸릴 수도 있다는 것이 약간의 문제였다. 그 사이 만일 진운룡이 돌아오기라도 한다면 그들의 임무는 실패할 것이기 때문이었다.

'일단은 최대한 빨리 놈을 제압한다!'

결정을 내린 모용기중이 일행에게 명을 내렸다.

"만만치 않은 놈이오. 시간을 끌 수 없으니 전력을 다해 놈을 제압합시다."

왕규가 기다렸다는 듯이 가장 먼저 몸을 날렸다.

"이런!"

모용기중이 얼굴을 일그러뜨렸다.

자신이 적산과 맞붙고 나머지 일행이 협공을 하는 것이 가장 좋은 방법이다.

한데, 성질을 참지 못한 왕규가 먼저 튀어나가 버린 것이다.

왕규의 실력으로는 적산을 상대하기가 어려웠다.

게다가 분노에 차 이성적인 판단을 하지 못하는 상태의 막무가내 공격은 다른 사람들과 연계해서 이루어지기 쉽지 않았다. 오히려 서로 부딪힐 가능성이 높았다.

하지만, 상황이 이렇게 된 이상 차선을 선택할 수밖에 없었다.

"우선 놈을 포위합시다!"

모용기중의 명에 천영십이수가 흩어지며 적산을 둥글게 포위했다.

그 뒤에서 모용기중이 언제라도 출수할 자세로 적산을 주시했다.

틈이 보이는 순간 적산에게 치명타를 먹이기 위해서였다.

인질로 생포하는 것이 중요하기는 했지만, 최악의 경우 계집만 생포하고 사내놈은 죽이는 것까지 염두에 두고 있었다.

왕규는 적산의 눈앞까지 다가갔다.

열네 명의 고수들이 압도적인 기세를 뿜어내며 달려들고 있음에도 적산은 전혀 위축되지 않았다.

"이놈! 그 역겨운 낯짝부터 뭉개주마!"

왕규가 적산의 얼굴을 향해 주먹을 날렸다.

권기가 어린 주먹이 코앞에 도달한 순간, 적산의 신형이 흐릿해졌다.

"엇!"

놀란 왕규가 헛바람을 삼키고는 급히 적산의 위치를 찾았다.

"거지새끼가 아니라 굼벵이 새끼였구나!"

그때, 왕규의 귓가에 적산의 목소리가 들려왔다.

왕규의 얼굴이 하얗게 굳었다.

어느새 왕규의 등 뒤를 점한 적산의 도가 목을 향해 떨어져 내리고 있었다.

쇄애애액!

갑작스런 상황에 놀란 천영십이수 셋이 급히 적산을 향해 검을 날렸다.

적산이 계속해서 왕규의 목을 친다면 그대로 세 자루의 검에 꿰여 꼬치가 되고 말 것이다.

순간, 쑥 하고 적산의 신형이 밑으로 꺼졌다.

세 자루의 검이 적산의 잔상을 꿰뚫는 순간 왕규의 비명이 터져 나왔다.

"크악!"

어느새 몸을 낮춘 적산의 도가 왕규의 두 발목을 잘라 버린 것이다.

모용기중이 눈을 부릅떴다.

적산의 움직임이 생각보다 훨씬 빨랐다.

왕규가 적산의 상대가 못된다고 예상하긴 했으나, 이렇게 쉽게 당할 것이라고는 생각지 못했다.

물론, 왕규가 상대를 얕보고 너무 생각 없이 움직인 탓도 있었으나, 그것을 감안하더라도 지금 일전으로 인해 상대의 경지가 화경을 넘어섰음이 확실해졌다.

이제는 자신조차 승부를 장담할 수 없었다.

하지만 한 가지 다행인 점은 이번 격돌로 왕규가 빠르게 이탈한 것이 오히려 모용기중과 천영십이수에게는 전력을 더 배가 시킬 수 있는 상황이 되었다는 것이다.

천영십이수는 합공을 전문적으로 익힌 자들이다.

맹주를 호위하기 위해서는 그 격에 맞는 자들을 상대할 수밖에 없다.

당연히 화경 이상의 고수를 적으로 상정한 합격술을 구사한다.

모용기중 자신이라 해도 이들의 합공을 당해낼 수 없었다.

생각대로 왕규가 쓰러지자 바로 천영십이수가 움직

였다.

그들은 열두 명 모두 검을 쓰고 있었다.

우선 네 명의 검수가 사방에서 적산을 찔렀다.

두 명은 복부, 나머지 둘은 다리를 노린 공격이었다.

적산이 허공으로 몸을 띄워 그들의 검격을 피했다.

그러자, 또 다른 네 명의 검수가 앞 검수들의 어깨를 차고 허공으로 솟아오르며 검을 쏘아냈다.

마치 기다렸던 것처럼 적산이 허공에 몸을 띄운 것과 그 시간이 절묘하게 맞아 떨어졌다.

네 자루의 검이 위아래로 적산의 몸을 노렸다.

적산이 날개가 있지 않는 한 피할 수 없는 공격이었다.

절체절명의 상황임에도 적산의 얼굴에는 오히려 즐거운 미소가 걸렸다.

화경에 오른 후로 실전에서 자신의 실력을 검증해 볼 기회가 없었는데, 이처럼 최고의 기회가 온 것이다.

그것도 상대는 그의 방심을 허용치 않는 고수들.

그야말로 적산의 가슴을 짜릿하게 만드는 승부였다.

적산의 집중력이 극에 달했다.

상대방의 검로가 눈에 잡혔다.

허공에 솟구친 네 명의 검수가 각각 심장과 복부를 노리고 있다. 동시에 아래 네 검수가 공중에 떠 있는 적산의 하체를 노리고 검을 찔러오고 있었다.

그때, 적산의 다리가 움직였다.

앞쪽에서 적산의 복부를 노리고 찔러 들어오던 검면을 툭, 찼다.

상대의 검이 묵직한 압력에 뚝 떨어져 내렸고, 동시에 그 반동을 이용해 적산의 신형이 다시 한 번 허공으로 솟구쳤다.

쉬익! 쉭!

그 밑을 간발의 차로 네 자루의 검이 스치듯 지나갔다.

그 순간, 허공으로 솟구친 적산이 몸을 거꾸로 뒤집듯 회전했다.

머리가 밑으로 돌고 다리는 위로 올라갔다.

그 회전을 담아 적산의 도가 긴 반원을 그리며 밑으로 내리꽂혔다.

채재쟁!

적산의 강력한 도격에 아직 회수되지 않고 남아 있던 네 자루의 검이 튕겨나갔다.

팔이 뒤로 젖혀지며 네 검수의 머리가 무방비로 드러났다.

그들을 노리며 적산의 도가 풍차처럼 회전했다.

하나, 네 사람의 신형이 누가 잡아당기기라도 한 듯 땅으로 푹 꺼졌다.

뒤쪽에 있던 또 다른 네 명의 천영십이수가 네 사람을

뒤로 당긴 것이다.

동시에 적산의 도가 허공을 휩쓸었다.

촤아아악!

그 틈을 노리고 뒤쪽에 있던 천영십이수 넷이 허공으로 솟구쳤다.

그들의 검은 이제 아래를 향해 낙하하고 있는 적산의 머리와 목을 노리고 있었다.

마치 톱니가 돌아가듯 정교한 공격이었다.

하지만 적산의 두 눈은 차분하게 가라앉아 있었다.

막 시계 방향으로 돌았던 적산의 도가 반대 방향으로 다시 한 번 회전했다.

쩌저저정!

눈부신 속도로 회전한 도가 네 자루의 검을 쳐냈다.

가장 뒤에 있던 자들이 가장 고수였는지 검에 담긴 경력이 상당했다.

허공에서 네 자루의 검을 쳐낸 적산의 도가 주춤했다.

어느새 적산의 신형은 아래에서 검을 들이밀며 기다리던 처음 네 명의 검수에게 달려드는 꼴이 되었다.

그야말로 절체절명의 위기였다.

적산의 미소가 더욱 짙어졌다.

이대로라면 이번 검격을 어찌어찌 막아낸다 해도 이어지는 함격에 계속해서 수세에 몰리게 될 것이고, 결국 체력이나 진기가 고갈되어 무릎 꿇게 될 것이다.

"흥!"

코웃음을 친 적산의 신형이 네 자루의 검을 피하지 않고 그대로 밑으로 내리꽂혔다.

쩌어엉! 파앗!

쇳소리와 함께 핏물이 튀어 올랐다.

어느새 머리 위를 도면으로 막아 최대한 검격의 과녁이 될 부분을 줄인 적산이 그대로 네 자루의 검과 충돌한 것이다.

두 자루의 검은 도에 의해 튕겨 나갔고, 나머지 두 자루는 적산의 등을 긁고 지나갔다.

제법 깊은 상처였지만, 최대한 몸을 다른 두 명의 검수에게 붙인 덕에 치명상을 면할 수 있었다.

화끈한 통증이 몸을 움츠리도록 강요했지만, 적산은 이를 악문 채 이겨냈다.

그렇게 떨어져 내린 적산이 도를 이용해 땅을 짚었다.

팔을 굽히며 충격을 흡수한 적산이 그 탄력을 이용해 몸을 거꾸로 솟구치며 두 다리를 풍차처럼 휘둘렀다.

퍼퍼퍽!

적산의 도와 충돌하며 검을 내려뜨린 두 검수의 가슴이 그대로 다리에 걸렸다.

"크윽!"

신음을 흘리며 두 검수가 뒤로 튕겨나갔다.

반대편에 있던 검수들과 허공으로 솟아올랐던 검수들의 검이 적산을 노리고 쏟아져 내렸다.

손으로 땅을 치며 한 바퀴 회전한 적산의 신형이 미끄러지듯 튕겨나간 두 검수를 쫓았다.

그가 빠져나간 공간을 여섯 자루의 검이 관통했다.

때댕!

검수들의 검이 바닥을 때린 순간, 적산이 땅을 박차고 몸을 급격히 본래의 자리로 되돌렸다.

번쩍!

동시에 그의 도가 검을 아직 회수하지 못한, 허공에서 검을 찌른 네 명의 검수를 휩쓸었다.

핏물과 팔다리가 허공으로 솟구쳤다.

"크윽!"

네 검수 중 두 명이 검을 든 채로 팔이 잘렸다.

진의 한쪽이 무너져 내렸고, 적산이 그 틈을 파고들었다.

적산의 도가 막 나머지 두 검수의 목을 베어갈 때, 그는 갑자기 등 뒤에서 서늘한 한기를 느꼈다.

위기를 알리는 감각이 머리를 찌르르 울렸다.

적산의 생각보다 몸이 먼저 반응했다.

그의 신형이 즉시 바닥으로 꺼졌다.

쉬이익!

빛줄기가 적산의 머리를 스치고 지나갔다.

천영십이수의 위기를 보고 모용기중이 검강을 날린 것이다.

위로 솟구쳤던 머리카락들이 강기에 의해 녹아내렸다.

그 사이 천영십이수가 다시 전열을 정비했다.

어느새 팔다리가 잘린 두 검수는 뒤쪽으로 빠져 있었다.

적산은 잠시 숨을 고르며 현 상황을 파악했다.

가슴을 가격당했던 자들이 다시 합류해 상대는 모용기중까지 열한 명.

두 명을 제압했지만, 모용기중이 싸움에 껴듦으로 해서 오히려 쉽지 않아졌다.

모용기중 한 명도 승부를 장담할 수 없었다.

게다가 천영십이수 역시 아직 진이 무너지지 않았다.

객관적인 전력으로는 적산의 절대적 열세였다.

하지만, 적산의 얼굴에는 전혀 두려움이나 위축됨이 없었다.

오히려 그의 표정에는 끓어오르는 승부욕이 가득했다.

항상 강자와의 싸움을 열망하고 그 싸움에서 희열을 느끼는 적산다운 반응이었다.

반면 모용기중의 표정은 딱딱하게 굳어 있었다.

초반에는 천영십이수가 적산을 비교적 여유롭게 상대하기에 마음을 놓고 있었는데, 순식간에 두 명의 천영십이수를 잃은 것이다.

완벽한 그의 판단 착오였다.

그가 좀 더 적극적으로 나섰다면 천영십이수 두 명의 희생은 막을 수 있었을 것이다.

방심을 하지 말자 마음먹어 놓고도 스스로 그것을 잊은 것이다. 자신의 실책에 대한 분노가 그대로 적산에게 향했다.

"놈!"

잠시 동안의 소강상태가 모용기중의 기합성과 함께 깨졌다.

검에 짙푸른 검강을 두른 모용기중이 적산을 향해 몸을 날렸다.

깃털처럼 가벼운 움직임과는 달리 그의 검은 태산처럼 무겁게 적산을 압박했다.

검강이 어린 검이 일직선으로 적산의 머리를 내리쳤다.

단순하고 고지식한 공격이었지만, 그 속도가 상대의 움직임을 허락하지 않을 정도로 빨랐다.

모용세가의 쾌검이 극에 달한 검초였다.

적산 역시 피하지 못하고 그대로 도를 들어 막았다.

그의 도에도 강기가 어려 있었다.

콰앙!

검과 도가 부딪혔다고는 믿기지 않을 굉음이 터져 나왔다.

모용기중의 두 눈이 부릅떠졌다.

공력 면에서는 자신이 앞선다고 여겼기에 정면 대결을 선택했는데, 적산이 자신의 검격에 전혀 밀리지 않았기 때문이다.

하지만, 수시로 진운룡에게 추궁과혈과 진기를 주입받은 적산의 공력이 이미 삼 갑자에 가깝다는 사실을 그가 알 리가 없었다.

적산이 이렇게 빠르게 화경에 이른 것도 어찌 보면 그 덕분이었다.

그러나 적산의 상대는 모용기중 하나가 아니었다.

모용기중의 검과 적산의 도가 얽힌 순간 두 명의 천영 십이수가 적산의 등을 노렸다.

앞에는 모용기중의 검이 적산을 밀어내고 있었기에 앞으로 피할 수도 없었다.

적산은 그대로 몸을 뒤로 눕혔다.

어찌 보면 쏘아져 오는 검에 스스로 달려드는 꼴이었다.

하지만 간발의 차이로 적산의 몸이 검이 도착하기 전

에 완전히 뒤로 젖혀졌다.

동시에 두 자루의 검이 적산의 양어깨를 찢고 지나갔다.

고통을 느낄 새도 없이 적산은 곧장 미끄러지듯 몸을 뒤로 날렸다.

적산이 빠져나간 바닥으로 모용기중의 검이 떨어져 내리며 불똥이 튀었다.

"대주! 천영십이수 중 두 명을 보내 계집을 먼저 찾으시오! 계집을 잡으면 이놈도 함부로 움직이지 못할 것이오!"

모용기중의 외침에 적산이 얼굴이 딱딱하게 굳었다.

그다지 넓지 않은 장원이라 소은설이 이들에게 잡히는 것은 시간문제였다.

소은설을 인질로 잡아 적산을 핍박한다면 최악의 상황이 된다.

하나 모용기중과 천영십이수들 때문에 몸을 빼서 그들을 막기가 쉽지 않았다.

이대로라면 소은설도 자신도 이들에게 잡힐 것이다.

손해를 감수하더라도 저들이 소은설을 찾아내기 전에 최대한 빨리 모용기중과 천영십이수를 처리해야 했다.

그게 불가능하다면 최소한 소은설을 찾을 여유가 없도록 만들어야 했다.

이를 악문 적산의 도초가 변했다.

수세에 몰려 있던 그동안과는 다르게 방어를 도외시하고 강공을 펼친 것이다.

자신을 향해 쏘아져 오고 있는 모용기중의 검을 무시한 채 그대로 강기 어린 도를 모용기중의 목을 향해 날렸다.

갑작스런 적산의 공세에 놀란 모용기중이 눈을 부릅떴다.

설마 상대가 동귀어진의 수법으로 나오리라고는 예상치 못했기 때문이다.

여기서 서로 양패구상을 하게 된다면 모용기중도 죽겠지만 결국 적산은 죽고 소은설은 잡힐 것이다.

한데도 이런 무모한 짓을 하리라고는 전혀 예상치 못했다.

이대로라면 모용기중은 적산과 함께 죽게 될 것이지만, 무림맹의 작전은 성공하게 된다.

하지만 모용기중에게는 무림맹의 임무 따위보다 자신의 목숨이 몇 배는 더 소중했다.

모용기중은 급히 검을 회수해 뒤로 물러났다.

적산의 두 눈이 빛났다.

그가 노리던 바였다.

순간 마치 누가 잡아당기기라도 한 듯 적산의 몸이 앞

쪽으로 쭈욱 늘어났다.

처음부터 이 상황을 노리고 있던 적산이 뒷걸음질 치는 모용기중을 순식간에 따라붙었다.

동시에 적산의 도가 모용기중의 머리를 향해 일직선으로 떨어져 내렸다.

딱딱하게 굳은 얼굴로 모용기중이 급히 검을 들어올렸다.

쩌어엉!

검과 도가 부딪히며 폭음이 터져 나왔다.

그 반동을 이용해 적산의 몸이 허공으로 떠올랐다.

"엇!"

적산의 예상 밖 움직임에 모용기중이 헛바람을 삼켰다.

허공으로 떠오른 적산이 모용기중의 검면을 발로 차며 모용기중을 훌쩍 뛰어넘었다.

그리고 소은설을 찾기 위해 안쪽으로 달려가던 두 천영십이수를 향해 화살처럼 쏘아졌다.

"헉! 막아라!"

모용기중이 다급하게 소리를 질렀으나, 그의 뒤쪽에는 적산의 움직임을 막을 사람이 아무도 없었다.

일행 중 가장 강력한 무력을 가진 모용기중을 믿고 그 방향을 포위했던 천영십이수 둘이 소은설을 찾으러 빠져

나갔기 때문이다.

모용기중이 미처 몸을 돌리기도 전에 이미 적산은 두 천영십이수를 덮치고 있었다.

진을 펼치지 않은 상태의 천영십이수는 적산의 상대가 될 수 없었다.

서걱!

두 사람이 적산의 기척을 눈치챘을 때는 이미 도가 목을 가르고 있었다.

허공으로 두 검수의 목이 떠올랐다.

"이런! 쥐새끼 같은 놈!"

모용기중이 이를 갈며 적산을 향해 몸을 날렸다.

적산의 입가에 비릿한 미소가 걸렸다.

어깨와 등의 상처로 이미 그의 몰골은 피투성이가 되어 있었으나, 두 눈빛은 처음보다 더 불타오르고 있었다.

적산은 오히려 검을 내지르는 모용기중의 품 안으로 파고들었다.

콰콰쾅!

검과 도가 부딪히며 다시 한 번 폭음이 터졌다.

그 사이 여덟이 남은 천영십이수가 적산을 포위하기 위해 원을 그리며 움직였다.

적산은 그들이 포위망을 형성하도록 기다려 주지 않

았다.

모용기중의 검과 부딪힌 탄력을 이용해 몸을 튕긴 적산이 그의 오른쪽으로 돌던 천영십이수 셋을 덮쳤다.

"이놈! 감히 한눈을 파느냐!"

모용기중이 적산의 등을 향해 그대로 검강을 날렸다.

적산은 아랑곳하지 않고 그대로 천영십이수들에게 도를 휘둘렀다.

도의 궤적을 따라 횡으로 길게 은빛 실선이 그어졌다.

세 명의 검수가 당황하지 않고 검을 들어 막았다.

하지만 진을 펼치지 않은 그들의 검은 적산의 도강을 막아내기에 역부족이었다.

스걱!

세 자루의 검이 적산의 도강에 동강났다.

동시에 적산이 도를 휘두른 힘을 이용해 급히 몸을 회전했다.

그 순간, 모용기중이 날린 검강이 적산의 옆구리를 찢고 지나갔다.

촤아악!

옆구리가 한 주먹이나 뜯겨 나가며 피가 튀어 올랐다.

하지만, 그럼에도 불구하고 적산은 고통을 참으며 다음 동작을 이었다.

"크윽!"

"컥!"

한 바퀴 회전한 적산의 도가 그대로 다시 한 번 은빛 실선을 그렸고, 세 검수 중 두 검수가 몸이 위아래로 분리된 채 무너져 내렸다.

나머지 한 검수는 간신히 뒤로 물러서 피해냈으나, 오른팔이 날아가고 말았다.

"이런 쳐 죽일 놈!"

모용기중이 노한 얼굴로 소리쳤다.

적산이 실소를 지었다.

먼저 건드린 것이 그들이라는 사실을 어느새 잊은 듯했다.

어느새 적산 앞까지 다다른 모용기중의 검이 푸르게 달아오르더니 한 순간 십여 개로 분열했다.

모용세가가 자랑하는 분광검이 모습을 드러낸 것이다.

극쾌로 인해 만들어진 검영 하나하나는 모두 허초가 아닌 실초였다.

적산의 두 눈이 고요하게 가라앉았다.

다섯밖에 남지 않은 천영십이수가 펼치는 진은 전처럼 위력적일 수 없었다.

이제 모용기중과의 승부에 좀 더 집중할 수 있었다.

아직 적산이 불리한 싸움임에는 틀림이 없었으나, 반드시 적들을 이겨야 하는 것은 아니었다.

적산으로서는 진운룡이 돌아올 때까지 버티기만 해도 되었기 때문이다.

하지만, 적산 역시 상처로 인해 체력이 떨어진 상태였다.

이대로라면 진운룡이 돌아올 때까지 버틸 수 있다는 보장이 없었다.

그렇다면 결국 최대한 빨리 승부를 봐야 한다는 결론이었다.

십여 개의 검영이 적산의 요혈을 노리며 쏘아져 왔다.

적산이 안광을 흩뿌리며 몰아치는 검영들 사이로 파고들었다.

도를 풍차처럼 휘둘러 모용기중의 검영들을 쳐냈다.

하지만 모용기중은 계속해서 더 많은 검영을 만들어냈다.

콰콰콰쾅!

검강과 도강이 부딪히며 폭음이 터져 나왔다.

천영십이수는 두 사람의 격렬한 격돌에 감히 끼어들 생각도 할 수 없었다.

검강이 직접 몸에 닿지 않고 스쳤음에도 적산의 몸에 혈선이 늘어갔다.

그러나 적산은 아랑곳하지 않고 조금씩 전진했다.

이번 격돌에 적산은 모든 역량을 집중했다.

일 장도 채 되지 않는 모용기중과의 거리가 마치 천리, 만 리라도 되는 듯 멀게만 느껴졌다.

모용기중 역시 이 싸움의 승패가 지금 격돌에 달려 있음을 알고 있는 듯, 얼굴을 일그러뜨린 채 자신의 모든 것을 쏟아붓고 있었다.

거리가 반 장 가까이 좁혀지자 모용기중의 이마에 땀방울이 맺히기 시작했다.

검영의 숫자가 배로 늘어났다.

마치 주변의 모든 공간이 모용기중의 검강으로 뒤덮인 것 같았다.

─마음을 잔잔한 호수처럼 가라앉히고 도와 너 자신에 집중하거라. 그리하면 존재하지 않는 흐름이 보일 것이다. 그 흐름이 곧 너의 마음이다. 마음이 가는 대로 움직이는 것이 바로 무류다.─

무류검보에 대한 진운룡의 가르침이 적산의 머릿속에 울렸다.

적산은 마음을 호수처럼 가라앉힌 후, 모든 정신을 도 끝에 집중했다.

그의 집중력이 점점 깊어지며 주변 풍경도, 모용기중이 날린 검강도, 종국에는 모용기중의 검마저도 사라졌다.

적산의 집중력이 극에 달한 바로 그 순간, 머릿속에 그의 도와 모용기중 사이에 하나의 선이 그려졌다.

그것은 직선도 아니었고, 그렇다고 곡선이라 할 수도 없는 기묘한 것이었다.

적산의 도가 마치 살아 있는 것처럼 그 선을 따라 스스로 움직였다.

모용기중이 날린 검강이 바위에 파도가 갈라지듯 도를 피해 흩어졌다.

"허억!"

눈을 부릅뜬 모용기중이 움직임을 멈췄다.

그는 고개를 숙여 자신의 가슴을 바라봤다.

그곳에는 한 자루 도가 박혀 있었다.

도를 따라 그의 시선이 향한 곳에는 도의 주인 적산이 이를 드러내며 서 있었다.

"이, 이럴 수가……."

바람 빠지는 소리와 함께 모용기중이 그대로 무너져 내렸다.

그와 동시에 남아 있는 천영십이수 다섯이 사방으로 흩어져 몸을 날렸다.

모용기중이 죽은 이상 그들로서는 적산을 상대하기가 불가능했기에 도주를 택한 것이다.

이곳에 남아 의미 없이 죽음을 당하는 것보다는 남궁진천에게 지금의 상황을 보고하고 죄를 청하는 것이 더 나은 선택이었다.

천영십이수가 사라지고 나자 적산은 그대로 자리에 주저앉았다.

모용기중과의 대결로 인해 온몸이 성한 곳이 없었고, 진기 또한 바닥이었다.

게다가 출혈이 심해 서 있을 힘조차 없었던 것이다.

"저, 적 공자님!"

두려움에 떨며 숨어 있던 구학과 소은설이 달려 나왔다.

싸움에 끼어들면 오히려 적산의 발목을 잡을 것이기에 숨죽이며 숨어 있었다.

혈전의 여파로 장원의 앞마당은 폭탄이라도 맞은 듯 파헤쳐져 있었다.

"적 공자님, 괜찮습니까?"

허겁지겁 달려온 구학이 걱정스러운 눈으로 적산의 상태를 물었다.

"그럭저럭 버틸 만하다."

통증이 심한지 적산이 억눌린 목소리로 말했다.

"이자들은 대체 누구인가요?"

소은설이 피 냄새에 진저리를 치며 물었다.

"그건 지금부터 알아봐야지⋯⋯."

힘겹게 몸을 일으킨 적산이 아직 목숨이 붙어 있는 천영십이수에게 다가갔다.

8장
진운룡의 분노

개방 총타를 나와 장원으로 돌아온 진운룡은 눈앞에
펼쳐진 광경에 할 말을 잃었다.

적산과 소은설로부터 상황을 전해들은 진운룡은 곧장
포박되어 있는 세 명의 천영십이수에게 향했다.

사로잡힌 천영십이수의 몰골은 형편없었다.

세 명 모두 사지 중 한두 군데가 잘려나갔으나, 지혈
외에는 따로 치료를 하지 않아 상태가 별로 좋지 않았다.

진운룡은 싸늘한 눈빛으로 세 명의 천영십이수를 내려
다봤다.

적산이 놈들의 정체를 알아내려 했으나, 입을 열지 않

은 모양이었다.

하지만, 이미 구학이 모용기중과 왕규의 신분을 확인한 상태였다.

그들은 진운룡이 없는 틈을 타 장원에 쳐들어왔다.

굳이 제령안을 사용하지 않아도 놈들의 목적이 무엇인지 대충 짐작되었다.

신웅의 방문이 있자마자 일어난 일이다.

그 뒤에 무림맹이 있음이 분명했다.

그것도 애초에 신웅은 눈속임에 불과했고, 결론은 이미 정해져 있었던 것이다.

진운룡과 정면 대결을 할 수는 없으니, 적산과 소은설을 노린 것이다.

마음 깊은 곳에서부터 참을 수 없는 분노가 치밀어 올랐다.

그는 그동안 자신의 선택이 잘못되었음을 인정했다.

그간 그토록 조심하고 무림과 충돌하지 않도록 신경 썼는데, 결국 백오십 년 전과 달라진 것이 없는 결과였다.

"욕심 많은 짐승은 말이 통하지 않는 법이지……."

늑대에게 등을 보이면 결국 목을 내놓아야 한다.

먹잇감이 나타나면 야금야금 먹어치우다 그 뿌리까지 남김없이 뜯어먹어 흔적조차 남기지 않는 것이 무림이라는 곳을 지배하는 늑대들의 생리다.

그런 자들을 상대하려면 이를 드러낼 생각조차 못하도록 절대적인 두려움을 심어줘야 한다. 아니, 애초에 이빨을 모두 뽑아버리면 그만이다.

"남궁진천은 지금 어디 있느냐?"

차가운 목소리로 진운룡이 물었다.

작고 나직한 목소리였으나, 그 목소리는 천영십이수들의 혼을 파고들어 휘저어 놓았다.

굳건한 충성심과 의지로 어떠한 고문에도 흔들리지 않던 그들의 정신이 순식간에 공포로 가득 채워졌다.

그들의 눈에는 진운룡이 마치 아수라의 현신(現身)처럼 보이고, 진운룡의 주변에는 지옥이 펼쳐져 있었다.

제령안을 펼치지 않았음에도 그들의 입이 저절로 열렸다.

"무, 무당에……."

얻고 싶은 답을 얻은 진운룡이 미련 없이 시선을 거두었다.

어차피 이자들은 장기 말에 불과했다.

이런 자들 백 명, 천 명을 죽인다 해도 머리를 없애지 않는 한, 아니 장기판 자체를 파괴하지 않는 한 변하는 것은 없었다.

"어떻게 하실 건가요?"

소은설이 걱정스러운 눈빛으로 물었다.

진운룡이 이토록 분노하는 모습은 그녀로서도 처음이었기 때문이다. 그의 능력을 너무도 잘 아는 그녀였기에 앞으로 무슨 일이 일어나게 될지 두려움이 앞섰다.

"놈들이 악신을 원하니 악신이 되어줘야겠지."

진운룡의 입가에 차가운 미소가 걸렸다.

"무당에 갔다 올 것이니 너희는 일단 하오문 분타에 피해 있거라!"

"나도 함께 가겠소!"

적산의 말에 진운룡이 고개를 내저었다.

"그 꼴로는 방해만 된다. 그리고 혹시 무림맹 놈들이 또 무슨 수작을 벌일지 모르니 너는 이곳에서 일행을 지키고 있거라."

"쳇, 알겠소."

잔뜩 불만 어린 얼굴로 적산이 고개를 끄덕였다.

일행과 이야기를 마친 진운룡이 곧장 어둠 속으로 신형을 날렸다.

*   *   *

진운룡이 무당에 도착한 것은 개봉을 출발한 지 겨우 닷새 만이었다.

보통 사람들이 말을 타고도 거의 한 달이 걸리는 거리를 단 오 일 만에 주파한 것이다.

혼자 움직이니 마음껏 신법을 펼친 결과였다.

"멈추시오!"

산문에 다다른 진운룡을 열 명의 도사들이 막아섰다.

모두 삼엄한 기세를 풍기고 있었다.

진운룡이 그들을 보고 피식 웃었다.

잔뜩 굳어서 경계를 하고 있는 모습을 보니 자신이 올 것을 예상하고 있었던 듯했다.

아마도 도망친 천영십이수들이 계획이 실패했다는 보고를 했을 것이다.

진운룡이 달려온 닷새라는 시간은 인간이라면 불가능한 속도였지만, 전서구라면 그보다 먼저 이곳에 도착했을 터였다.

'보고를 받았다면 내가 가만히 있지 않을 것이라는 사실은 충분히 짐작했겠지.'

평소라면 두 사람 정도가 지키고 있을 산문을 열 명이나 되는 도사들이 둘러싸고 있는 것도 바로 그런 이유일 것이다.

도사들은 척 보기에도 상당한 실력을 지닌 자들이었다.

모두 절정 이상의 무인들이었고, 한 명은 그들 중에서

도 특히 뛰어난 기도를 보이고 있었다.

하지만 그 정도로는 진운룡의 눈에 찰 리가 없었다.

"그대는 무슨 일로 무당을 방문한 것이오?"

지휘자로 보이는 염소수염의 도사가 적의가 담긴 목소리로 물었다.

분위기를 보니 이미 진운룡의 정체를 파악하고 있는 듯했다.

날이 선 목소리와는 별개로 슬쩍 검 손잡이로 가져간 도사의 오른손은 가늘게 떨리고 있었다.

그간 여러 사건들을 통해 이미 진운룡의 능력을 알고 있는 그들이었다.

바보가 아닌 이상 지금 그들이 호랑이 입안에 머리를 들이밀고 있다는 사실을 모를 리가 없었다.

"남궁진천에게 볼일이 있다. 놈은 어디에 있나?"

진운룡이 고저가 없는 목소리로 물었다.

도사의 눈썹이 치켜 올라갔다.

"맹주께서는 그대가 그렇게 함부로 입에 올릴 분이 아니오!"

진운룡은 도사의 목소리를 무시한 채 다시 물었다.

"마지막으로 묻지. 남궁진천은 지금 어디 있나?"

목소리의 무게가 처음과는 완전히 달랐다.

"으음……."

열 명의 도사들은 갑자기 몰아쳐 오는 폭풍 같은 기세에 자신도 모르게 신음을 흘렸다.

"어차피 그대들에게 대답을 듣지 못해도 상관없다. 무당을 박살내다 보면 어딘가에서 튀어나오겠지."

진운룡이 훌쩍 몸을 날려 산문을 뛰어넘었다.

"마, 막아라!"

염소수염 도사가 급히 소리쳤으나, 이미 진운룡은 그들의 머리 위를 넘어 산문 안쪽으로 쏘아져 가고 있었다.

그들로서는 쫓아가지도 못할 엄청난 속도였다.

설령 쫓을 수 있다 해도 그들의 능력으로는 진운룡을 막을 수도 없었다.

"폭죽을 터뜨려 위쪽에 이 사실을 알려라! 어서!"

현실을 직시한 염소수염 도사의 외침에 젊은 도사가 즉시 폭죽을 쏘아 올렸다.

＊   ＊   ＊

번쩍!

섬광과 함께 검이 세상을 반으로 갈랐다.

눈이 멀 것 같은 초승달 모양의 빛으로 된 반원이 상청전을 훑고 지나갔다.

쩌어어어엉!

천둥소리처럼 거대한 굉음이 귀를 때렸다.

이천 칸이 넘는 방을 가진 거대한 상청전이 지붕 바로 밑에 가로로 그어진 직선을 중심으로 마치 빛이 굴절된 듯 이질적으로 어긋나 있었다.

콰지직! 쿠우웅!

잠시 후, 그 직선이 늘어지듯 뒤틀리며 건물이 무너져 내렸다.

"아악!"

"피, 피해라!"

흙먼지와 건물 파편들 사이로 비명 소리가 울려 퍼졌다.

무당에서 두 번째로 큰 규모를 자랑하는 건물인 상청전이 순식간에 폐허가 되었다.

이천 개가 넘는 방에 머물던 무당의 제자들과 무림맹 각파의 고수들이 무너지는 건물에서 뛰쳐나오며 아비규환을 이루었다.

건물에 깔리거나 폭발에 휘말린 이들만 수십, 아니 수백에 이르렀다.

곳곳에서 건물 더미 사이로 피를 흘리며 꿈틀대는 이들의 모습이 보였다.

검을 든 인형이 오연히 허공에 떠서 그 모든 것을 지켜봤다.

그는 바로 이 참상을 만들어낸 장본인 진운룡이었다.

이 모든 사태는 그가 날린 단 한 번의 검격이 만든 결과였다.

"이놈! 이게 대체 무슨 짓이냐!"

"이런 극악무도한!"

무당의 도사들이 진운룡을 노려보며 절규했다.

진운룡은 무심히 시선을 옮겼다.

그의 시선이 향한 곳에는 무당의 또 다른 건물이 자리하고 있었다. 바로 증축한 지 얼마 되지 않은 자소궁이었다.

무당을 대표하는 건물 중 하나였고, 그곳에도 많은 수의 무당 제자들이 있었다.

"이, 이런! 놈을 막아라!"

진운룡의 시선이 향한 곳을 확인한 무당 도사들이 필사적으로 진운룡에게 달려들었다.

자소궁으로 향했던 진운룡의 시선이 빠른 속도로 쇄도하고 있는 무당 도사들에게로 옮겨졌다.

그의 오른손에 있던 검이 부챗살 모양으로 펼쳐졌다.

슈아악!

반원의 강기가 진운룡의 앞쪽으로 뻗어나갔다.

콰아아앙!

"커헉!"

"크아악!"

진운룡을 향해 달려들던 무당의 도사들이 피를 뿌리며 허공으로 튕겨져 나갔다.

강기와 부딪힌 그들의 검은 바스러져 흔적조차 남지 않은 상태였다.

몸을 가누지 못한 채 땅에 처박히는 그들은 이미 의식이 없는 듯했다.

무당 도사들을 단 일 수만으로 날려버린 진운룡이 자소궁을 향해 몸을 날렸다.

"안 돼! 무슨 일이 있더라도 막아라!"

진운룡의 압도적인 신위를 확인했음에도 무당 도사들은 굴하지 않고 그의 앞을 막아섰다.

하지만 그들이 아무리 처절하고 결연하게 몸을 던진다 해도 애초에 상대가 되지 않는 싸움이었다.

진운룡은 손속에 사정을 두지 않았다.

그의 검이 지나간 곳에는 진득한 피가 흘렀다.

사람이건 건물이건 자신의 앞을 막는 것이라면 예외를 두지 않고 모두 부숴 버렸다.

"남궁진천을 데려와라. 아니면 오늘 무당은 이 땅에서 사라지게 될 것이다."

선언하듯 내뱉는 진운룡의 말에 도사들이 분기를 토해 냈으나, 그뿐이었다.

그들로서는 진운룡을 막을 방법이 없었다.

그의 손짓 하나에 건물이 무너지고 땅이 뒤집어졌다.

수십 명의 도사들이 달려들었으나, 마치 불 속에 뛰어드는 나방과 같이 진운룡의 털끝 하나 건들지 못하고 모두 쓰러졌다.

무당을 대표하는 검수 무당칠검이 칠성진을 펼치며 진운룡을 막으려 했으나, 역시 십여 초를 버티지 못하고 무너졌다.

수백 년이 넘도록 이어져 온 무당이 진운룡의 손에 유린당하고 있음에도 무당의 도사들이 할 수 있는 일은 아무것도 없었다.

그렇지 않아도 혈교와의 혈전으로 인해 무당제일검 태허진인을 비롯한 고수들이 전력에서 이탈한 상황이었다.

무림맹의 내로라하는 고수들이 나섰음에도 어쩌지 못한 혈교를 단신으로 무너뜨린 진운룡을 그들이 막을 수 있을 리가 없었다.

그들로서는 이토록 처참하고 굴욕적인 상황에 분개하고 통곡하는 것이 할 수 있는 전부였다.

무당은 마치 전쟁이라도 일어난 것처럼 순식간에 쑥대밭이 되었다.

"멈추시오!"

"놈! 이게 무슨 짓이냐!"

진운룡이 무당 장문이 머무르고 있는 옥허궁에 이르렀을 때, 드디어 무림맹 수뇌들이 모습을 드러냈다.

그들의 등장에 진운룡이 손을 멈췄다.

백여 명의 각파와 세가를 대표하는 수장들과 고수들이 저마다 삼엄한 기세를 뿜어내며 자리하고 있었다.

그들은 거의 폐허가 되다시피 한 무당의 모습을 보며 탄식을 토해냈다.

진운룡의 시선이 그 가장 중심에 서 있는 남궁진천에게 향했다.

"진 공자! 그대는 어찌 이런 무도한 짓을 벌이는 것이오!"

무림맹 군사 제갈휘가 근엄한 표정으로 진운룡을 질타했다.

마치 어른이 못된 장난을 한 어린아이를 꾸짖는 듯한 모습이었다.

몸에 배인 권력자로서의 오만과 우월감이 고스란히 드러나는 말투였다.

그나마 진운룡의 무서운 능력 때문에 함부로 하지 못하는 것이 이 정도였다.

"무도한 짓이라."

진운룡의 입가에 조소가 일었다.

"기껏 납치나 인질극을 획책하는 자들이 그런 말을 하

니 도무지 실감이 나지 않는군."

제갈휘의 얼굴이 붉게 상기되었다.

"무슨 말을 하는 것이오? 납치라니, 인질은 또 무슨 이야기요?"

황보혁군이 진운룡과 제갈휘를 번갈아 바라보며 물었다.

몇몇 무인들 또한 의문스러운 얼굴로 제갈휘를 바라봤다.

사실 이번 일에 대해서는 남궁진천과 제갈휘를 비롯, 무림맹 몇몇 수뇌들만 알고 있었다.

다른 문파의 대표들과 의논하지 않고 남궁진천이 독단적으로 추진한 일이었던 것이다.

"그건 남궁진천에게 직접 물어보거라. 설마 그런 적 없다고 발뺌하지는 않겠지?"

진운룡이 차가운 눈으로 남궁진천을 바라봤다.

남궁진천의 두 뺨이 가늘게 떨렸다.

그는 분노에 찬 눈으로 진운룡을 노려보고 있었다.

부인하지 않는 그를 보며 장내에 모인 무인들이 웅성거렸다.

"맹주, 대체 무슨 일을 벌인 것이오?"

황보혁군이 굳은 얼굴로 남궁진천에게 물었다.

진운룡이 별일 아닌 일로 이런 짓을 벌일 사람이 아님

을 알고 있는 그였다.

평상시 유독 진운룡에 대한 적의가 심해 어떻게 해서
든 진운룡을 제거하려 애쓰던 남궁진천이었다.

하지만 천하제일을 논하는 그로서도 정면 대결로는 진
운룡을 어찌할 방법이 없었다.

머릿속에 대강의 그림이 그려졌다.

"호, 혹시 소 소저를 납치한 것이오?"

황보혁군의 목소리가 떨렸다.

어찌 정도 무림맹의 수장이라는 자가 그런 파렴치하고
부끄러운 짓을 저지를 수 있다는 말인가.

남궁진천은 아무런 대답도 하지 않고 진운룡을 노려봤
다.

이 상황에서 부정해 봐야 아무런 의미도 없었기 때문
이다.

게다가 눈에 넣어도 아프지 않던 자신의 손자를 죽인
진운룡 앞에서 구차하게 변명을 늘어놓으며 피하고 싶지
도 않았다.

"어허! 대체 무슨 근거를 가지고 그런 소리를 함부로
하는 것입니까?"

보다 못한 제갈휘가 나섰다.

무림맹주가 그런 일을 저질렀다는 사실이 알려지면 남
궁진천뿐만 아니라 무림맹의 명예도 땅바닥으로 추락하

게 될 것이 분명했기 때문이다.

하지만 그의 노력은 삽시간에 물거품이 됐다.

"네놈이 피 같은 내 손자를 죽였으니, 나도 네놈이 아끼는 것들을 없애려 했을 뿐이다! 받은 것을 돌려주는 것이 뭐가 어떻단 말이냐?"

남궁진천의 얼굴에 뒤틀린 미소가 걸렸다.

그의 두 눈엔 분노를 넘어선 광기가 어려 있었다.

여기저기서 한탄과 침음성이 터져 나왔다.

진운룡을 못마땅하게 여기는 자들조차 껄끄러운 표정을 숨기지 못했다.

그러나 그렇지 않은 자들도 있었다.

"악을 처단하기 위해서라면 어찌 내 손을 더럽히는 것을 마다할까, 맹주께서 스스로 진흙탕에 몸을 담가 천하무림에 해악이 될 종양 덩어리를 제거하려 한 것이 어찌 죄가 될 수 있단 말인가."

제법 비장한 분위기마저 풍기는 목소리로 나선 이는 바로 사천당문의 장로 당명이었다.

당문 역시 독황 당요가 진운룡에 의해 폐인이 되다시피 했으니 감정이 고울 리가 없었다.

당명이 나서자 눈치를 보던 몇몇이 용기를 얻어 따라나섰다.

"지당하신 말씀이오!"

"그렇소! 무림의 미래를 위협하는 악적을 처단하는 데수단과 방법이 무슨 문제가 되겠소!"

점창파 장문 목진자와 남궁세가의 가주이자 남궁린의 아버지인 남궁명이 당명의 의견에 동조했다.

바로 그때, 한순간 섬광이 번쩍였다.

마치 시간이 정지한 듯한 고요가 주변을 덮쳤다.

모두의 움직임이 동시에 멈췄고, 목에 핏대를 올리며 진운룡을 성토하던 세 사람도 입을 벌린 채로 그 자리에 석상처럼 굳어버렸다.

숨 한 번 정도 쉴 시간이 지나고,

퍽! 퍽!

살이 터져 나가는 파육음과 허공으로 핏물이 튀며 정지된 시간이 다시 흐르기 시작했다.

"엇!"

"허억!"

"무, 무슨!"

군웅들이 경악한 표정으로 침음성을 토해냈다.

이마에 동전 하나 크기의 구멍이 뚫린 세 사람이 허물어지듯 바닥으로 무너졌기 때문이다.

사람들의 시선이 그 결과를 만들어낸 주인공, 진운룡에게로 향했다.

어느새 뽑아 들었는지 진운룡의 손에는 한 자루 검이

모습을 드러내고 있었다.

"또 남궁진천과 뜻을 같이 하는 자가 있다면 나서라. 그렇지 않은 자들은 놈에게서 물러나라."

진운룡이 서늘한 살기를 숨기지 않고 말했다.

"이, 이럴 수가……."

믿을 수 없는 사태에 각파의 고수들은 말을 잇지 못했다.

설마 진운룡이 아무런 경고도 없이 세 사람의 목숨을 빼앗을 것이라고는 생각도 못했기 때문이다.

"착각하지 마라. 나는 너희와 토론을 하러 온 것이 아니라 징벌을 하러 온 것이다."

진운룡의 한 마디가 장내를 싸늘하게 가라앉혔다.

몇몇은 눈치를 보며 남궁진천에게서 멀어졌고, 몇몇은 이러지도 저러지도 못하고 움찔거렸다.

아무리 남궁진천이 돌이킬 수 없는 잘못을 저질렀다 해도 자신들의 손으로 수장을 진운룡에게 넘겨준다는 것은 너무도 수치스러운 일이었기 때문이다.

결사의 의지를 보이며 남궁진천을 막아선 자들도 있었다.

남궁세가와 무림맹의 무사들, 그리고 몇몇 문파들이었다.

"아직도 움직이지 않은 자들은 이번 일에 동조한 자들

로 인정하고 손을 쓸 것이다."

그들의 선택을 더는 기다리지 않고 곧장 진운룡이 검을 뽑아 들었다.

동시에 그의 눈동자가 붉게 물들었다.

우우우우웅!

마치 진운룡을 중심으로 공간이 수축하듯 주변의 모든 것이 빨려 들어갔다.

강대한 기운이 회오리치며 진운룡을 휘돌았다.

그의 모습은 폭풍의 눈 그 자체였다.

진운룡의 검 끝에 주먹만 한 광구가 모습을 드러냈다.

"멈추십시오!"

그때였다.

장소성이 울리며 일단의 무리가 장내로 날아들었다.

모두 고절한 신법을 펼치는 초극의 고수들이었다.

한 가지 특이한 점은 그들 모두가 머리를 민 승려들이라는 것이었다.

"엇! 마, 망우대사!"

누군가가 가장 앞에 선 노승의 정체를 알아보고 놀란 얼굴로 소리쳤다.

"망우대사께서 살아 계셨다니!"

"오! 망우대사께서 오셨다!"

망우대사의 등장에 각파 고수들의 탄성이 이어졌다.

그가 누구던가.

나이가 이미 백삼십에 이른 전대 고수이자, 정도 무림의 신화와 같은 존재가 바로 그였다.

각파의 고수들은 망우대사라면 충분히 진운룡의 상대가 될 것이라 여겼다.

게다가 함께 온 승려들은 그가 소림을 떠날 때 데리고 갔다던 은자림의 전대 고승들이 분명했다.

진운룡이 아무리 대단한 실력을 가지고 있다 해도 이들 모두를 상대할 수 있을 리 없었다.

"진 대협! 손을 거두십시오!"

망우가 남궁진천 등의 앞을 막아서며 말했다.

진운룡의 얼굴에 차가운 한기가 어렸다.

"진 대협! 잠시 내 말 좀 들어보십시오!"

진운룡의 표정이 심상치 않자 망우가 다급히 말을 이었다.

"대, 대협이라니……."

군웅들이 의아한 눈으로 망우를 바라봤다.

망우가 진운룡에게 존칭을 붙이고 있는 데다 공자가 아닌 대협이라 칭하고 있었기 때문이다.

망우가 누구인가, 소림은 물론 강호 전체에서 살아 있는 생불로 추앙받고 있는 절대고수가 아니던가.

아니, 그걸 떠나서라도 이미 세수(歲數)가 백 살을 훌쩍 넘긴 그가 진운룡을 마치 윗사람 대하듯 하는 것이 이해가 가지 않았기 때문이다.

"우선 본인의 소개를 하자면, 소승은 소림의 망우라 합니다. 혜원 대사께서 제 스승이 되시지요."

진운룡은 차가운 표정을 풀지 않은 채 망우를 바라봤다.

당장이라도 출수할 것만 같은 일촉즉발의 긴장감이 군웅들을 옭아맸다.

"진 대협에 대해서는 스승께 들어서 잘 알고 있소이다."

이어진 망우의 말에 진운룡의 눈에 이채가 일었다.

잠시 기억을 더듬어 본 진운룡의 머릿속에 한 사람이 떠올랐다.

진운룡이 혈마를 죽였을 당시 소림의 미래라고 불리던 젊은 승려.

마흔이 넘지 않은 나이에 최연소 나한당주가 되어 강호를 놀라게 했던 천하의 기재.

그가 바로 망우의 스승인 혜원이었다.

강호나 다른 무인들에 대해 무관심한 진운룡이 혜원에 대해 이 정도로 알고 있는 이유는 그가 다른 무인들과 달리 진운룡을 동경하여 귀찮게 따라다녔기 때문이다.

"혜원의 제자인가?"

"그렇습니다. 스승께서는 돌아가시기 전까지 당시의 일을 항상 개탄하고 후회하셨습니다."

망우의 두 눈에 회한이 일었다.

정파의 대표 문파들과 세가들이 작당을 하고 진운룡을 혈귀곡에 몰아넣은 후 무림에서 진운룡과 제갈여령의 이름은 금기가 되었다.

하지만 당시 진운룡을 무척 존경하고 따랐던 혜원은 그때의 일을 결코 묻어버릴 수 없었다.

그래서 자신의 제자에게만은 사실을 알렸던 것이다.

혜원은 당시 정파가 저질렀던 파렴치한 행위를 부끄러워하였고, 아무것도 할 수 없었던 자신에 대해 죄스러워했었다.

군웅들은 이게 대체 무슨 일인가 하여 혼란스러운 표정으로 두 사람을 번갈아 바라봤다.

진운룡이 스승이던 혜원 대사와 관계가 있는 듯 이야기하는 망우의 말이 도무지 이해가 가지 않았던 것이다.

망우의 말을 들은 진운룡의 미간에 내 천 자가 새겨졌다. 떠올리는 것만으로도 고통스러운 과거였다.

그의 심정을 아는지 모르는지 망우의 이야기는 계속 이어졌다.

"대협께서 혈마를 죽여 무림에 큰 은혜를 베푸셨음에도 저희는 그 은혜를 원수로 갚았지요."

여기저기서 경악성이 터져 나왔다.

"혀, 혈마라니……",

"설마 백삼십 년 전 그 혈마를 말하는 것인가?"

반면 진운룡의 표정은 마치 당연하다는 듯 조금의 변화도 없었다.

"혈귀곡에서 나오셨다는 소문과 진운룡이라는 이름을 듣고 진즉에 찾아뵈려고 했었습니다. 스승께는 은인과 같은 분이시니까요."

노승의 목소리가 진중하게 이어졌다.

"이렇게 늦게 찾아뵘을 먼저 사죄드리겠습니다. 제가 조금 더 서둘렀다면, 이런 상황도 미리 막을 수 있었을 것을……."

잠시 착잡한 눈으로 남궁진천 등을 돌아본 망우가 엄중한 얼굴로 일갈했다.

"너희는 이분이 누구신지 아느냐! 이분이 바로 백삼십 년 전 강호를 피로 물들이고 암흑 속에 빠뜨렸던 대마두 혈마를 죽이고 무림을 구하신 큰 은인이시다! 천 번 만 번을 더 감사하고 갚으려 해도 우리가 받은 생명의 빚을 다 갚을 수가 없거늘 어찌 은인께서 이토록 분노하시도록 만들었단 말이냐! 당장 진 대협께 사죄하고 용서를 구하거라!"

현 무림을 지배하는 각파의 고수들을 마치 아이를 꾸

짖듯 나무라고 있음에도 망우도사의 모습에는 전혀 이질
감이 들지 않았다.

그는 충분히 그럴 자격이 있는 사람이었으며, 여기 이
자리에 모인 이들은 진운룡을 제외하면 모두 그에게 손
자뻘 되는 아이들이었다.

망우의 호통을 들은 모두의 표정에 당혹감이 일었다.

그들이 알기로 혈마는 어느 날 갑자기 아무런 이유도
없이 종적을 감췄다.

한데, 망우는 그 혈마를 진운룡이 죽였다고 말하고 있
는 것이다.

무려 백삼십 년 전의 일이다.

대체 진운룡의 나이가 몇 살이라는 말인가.

나이를 제쳐두고라도 만일 진운룡이 망우대사의 말대
로 혈마를 죽이고 강호를 구했다면, 왜 지금은 아무도 그
사실을 모르고 있는 것인가.

왜 과거 그들의 선조들은 그 사실을 숨겼단 말인가.

어느 하나 의문스럽지 않은 일이 없었다.

게다가 진운룡을 막을 것이라 기대했던 망우가 마치
웃어른을 모시듯 진운룡에게 고개를 조아리고 있었다.

사람들은 진운룡의 정체가 대체 무엇인지 더욱 오리무
중이 되었다.

그렇게 모든 이가 혼란스러워 하고 있던 그때였다.

"너는 지금 나를 막아서겠다는 것이냐?"

장내에 찬물을 끼얹는 것처럼 싸늘한 목소리가 울려 퍼졌다.

멈칫한 망우가 당황스러운 얼굴로 진운룡을 바라봤다.

"그것이 아닙니다. 단지 이들이 잘못을 깨닫고 진 대 협께 사죄토록 하려고……."

"그들은 이미 선을 넘었다. 내 사람을 납치하고 인질 로 삼아 나를 겁박하려 했지. 너희가 그토록 입에 달고 사는 정도와 협의에 의하면 열 번 죽어도 모자란 죄이 지."

진운룡이 망우의 말을 끊고 단호히 말했다.

망우의 얼굴이 딱딱하게 굳었다.

정도의 대표라 할 수 있는 무림맹주가 그런 더럽고 비 열한 일을 벌이다니, 기가 차고 어이가 없었다.

이 사실이 강호에 알려진다면 그 누가 무림맹을 따르 고 그 권위를 인정하려 하겠는가.

"남궁진천! 네놈이 정파의 이름을 땅에 처박고 그 교 만한 머리로 모든 정파의 무인들을 욕되게 하는구나!"

망우가 노해서 소리쳤다.

불이라도 뿜어낼 것 같은 매서운 눈빛으로 망우가 남 궁진천과 그를 따르는 자들을 직시했다.

진운룡이 이토록 분노한 것이 충분히 이해가 갔다.

한동안 남궁진천을 노려보던 망우가 한숨을 내쉬었다.

"진 대협, 저들이 저지른 죄의 대가를 치러야 함은 당연한 일입니다. 하나, 진 대협이 지금 저들의 목숨을 빼앗는다면 또 다른 원한을 나을 뿐입니다. 그리되면 결국 이번 사건과 같은 일들이 계속 끊이지 않게 될 것입니다. 하니, 저들의 비루한 피로 진 대협의 손을 더럽히지 말고 저에게 저자들의 처분을 맡겨 주십시오."

진운룡이 죽이려는 이들은 현 무림의 정점에 서 있는 이들이다.

그들을 죽이는 것은 곧 그들이 대표하고 있는 문파와 세가를 적으로 삼는 일이다.

강호를 좌지우지 하는 그들이었다.

진운룡이 아무리 강력한 존재라 해도 어떻게 해서든 그에게 복수하려 할 것이다.

은밀하고 교활한 술수를 동원해 그를 괴롭힐 것이다.

하지만, 진운룡에게는 그다지 두려울 것이 없는 일이었다.

"만일 그런 일이 벌어진다면, 그와 관계된 모든 문파와 세가를 쓸어버리고, 그 뿌리까지 뽑을 것이다. 감히 그런 생각조차 못하도록 그들이 머문 땅에 풀 한 포기조차도 남기지 않으리라."

진운룡의 말에 망우는 한기를 느꼈다.

진운룡의 경지에 이른 이가 쓸데없는 허언을 할 리가 없었다. 또한, 충분히 그 말을 실행할 능력도 갖추고 있었다.

만일 그런 일이 벌어진다면, 강호는 전대미문의 혈겁을 맞이하게 될 것이다.

"진 대협, 그리되면 무고한 이들까지 휩쓸리게 됩니다."

망우가 간절한 목소리로 말했다.

"너희가 사지로 밀어 넣은 제갈여령 역시 무고한 이였다."

망우의 눈동자가 흔들렸다.

스승에게서 들은 바가 있었다.

당시 제갈세가의 여식이 진운룡을 유인하기 위해 함께 혈귀곡으로 들어갔다고…….

소녀의 목숨을 담보로 하여 진운룡을 제거하려 한 것이다.

그야말로 부끄럽고 천인공노할 죄업이었다.

"그렇기에 더더욱 다시는 그런 일이 벌어져서는 안 되지 않겠습니까. 진 대협, 정녕 또 다른 여령 소저를 만들고 싶으신 것입니까?"

진운룡이 깊게 가라앉은 눈으로 자신 앞에 고개를 숙이고 있는 망우를 바라봤다.

'나는 당신이 살인마가 되길 원하지 않아요……'

죽어가며 남긴 제갈여령의 목소리가 머릿속을 맴돌았다.

진운룡의 머릿속이 복잡해졌다.

자신의 뜻대로 적대 문파와 그 주변을 모조리 쓸어버린다면 결국 제갈여령이 그토록 원치 않았던 존재가 되고 말 것이다.

게다가 그렇게 한다고 해서 모든 일이 해결된다고 장담할 수도 없었다.

그들이 사라진 자리는 또 다른 자들이 매울 것이고, 겉으로야 진운룡을 두려워하고 거스르지 않겠지만, 자신들의 자리를 되찾기 위해 은밀히 칼을 갈 것이 분명했다.

그런 자들은 항상 자신의 머리 위에 아무도 존재하지 않기를 원하기 때문이다.

망우는 진운룡이 생각을 마치기를 조심스럽게 기다렸다.

무림에서의 명성과 그의 능력을 생각하면 지금 그가 진운룡에게 너무 저자세를 취하고 있는 것이 다른 사람들 눈에는 이해가 가지 않을 것이다.

하지만, 그가 스승에게 들은 진운룡은 백삼십 년 전이미 인간의 경지를 넘어선 존재였다.

무림 역사상 최초로 형성된 정사마 연합군을 처참하게

무너뜨린 혈교를 단신으로 멸한 것이 바로 진운룡이다.

그로부터 백삼십 년이 지난 지금은 그의 능력이 어떠할지 도무지 상상도 할 수 없었다.

그걸 떠나서라도 망우는 이미 속세의 욕심을 버리고 부처의 가르침 끝자락을 붙잡은 이였다.

여기서 진운룡과 부딪히는 것보다는 최악의 상황이 벌어지지 않도록 설득하는 것이 옳았다.

그를 위해서라면 몇 번이고 더 고개를 숙일 수 있었다.

그때, 진운룡의 입이 천천히 열렸다.

"네 녀석이 저것들을 책임지겠다?"

망우가 반가운 얼굴로 얼른 대답했다.

"그렇습니다, 진 대협. 남궁진천과 이번 일에 가담했던 모든 이들의 무공을 폐하고 소림의 참회동에 가둬 강호인들에게 본보기로 삼을 것입니다. 저 망우와 소림의 이름을 걸고 약속드리지요! 저들은 죽을 때까지 다시 빛을 보지 못할 것입니다."

각파 고수들의 얼굴에 놀람이 어렸다.

아무리 남궁진천이 씻을 수 없는 죄를 지었다고 하나 무림 맹주이자 남궁세가의 태상 가주인 그를 폐인으로 만들고 참회동에 가둔다니 믿을 수가 없었다.

하지만 그 이야기를 꺼낸 사람이 다름 아닌 망우였다.

그가 허튼 소리를 내뱉을 리가 없었다.

그리고 그는 충분히 그럴 자격이 있었다.

진운룡과 망우는 정도 무림에서 차지하는 위치가 달랐다.

진운룡이 아무리 괴물 같은 능력을 가지고 있다 해도 그는 혼자였고, 지지하는 무인들도 없었다.

그러나 망우는 이미 수많은 무인들에게 신처럼 떠받들어지고 있는 존재였다.

그의 말은 곧 법이었고, 모두의 신뢰를 받았다.

살아 있는 생불이라 불리는 그가 악이라 칭하는데 누가 감히 반박할 수 있겠는가.

게다가 그의 뒤에는 강호 제일 방파인 소림이 자리하고 있다. 그를 해하려면 소림을 상대해야 한다.

그래서 그의 선언은 더욱 충격적이었던 것이다.

"대사님…… 무인에게 무공을 폐한다는 것은 죽음보다 더한 고통입니다."

"그렇습니다. 그간 남궁 맹주께서 정도 무림을 위해 많은 공을 세우셨음을 조금 고려해 주십시오."

몇몇이 조심스럽게 징벌을 경감해 줄 것을 요청했으나 망우는 단호히 그들의 의견을 일축했다.

"가지고 있는 힘이 클수록 그 힘을 올바로 사용하지 않을 경우 더 많은 피해자들이 생겨나는 법이다. 그만큼 그에 대한 책임이 막중한 법! 다른 자들보다 더 엄히 다스려 본보기를 보여야 할 것이야! 그나마 내가 불자의 몸이기에 목숨을 살려두는 것을 다행으로 알라!"

남궁진천의 얼굴이 일그러졌다.

이대로라면 자신은 무공이 폐기된 채 소림의 참회동에 유폐될 것이다.

그에게는 죽음과도 같은 선언이었다.

아무리 진운룡과 망우가 버티고 있다 하나, 이대로 아무것도 하지 않고 목숨을 내어줄 수는 없었다.

"대체 무슨 자격으로 대사께서 나를 징치하는 것이오! 나는 결코 받아들일 수 없소이다!"

이를 악문 남궁진천이 검을 빼들었다.

"이놈! 끝까지 나를 실망시키려는 것이냐! 네놈이 버틴다면 네놈의 가문에도 피해가 갈 수 있음을 모른단 말이냐!"

남궁진천이 망우의 결정에 불복하고 맞설 경우 남궁세가 역시 남궁진천과 함께할 수밖에 없다.

하지만 지금 상황에서 남궁세가 홀로 망우와 은자림의 고승들, 그리고 진운룡을 상대하는 것은 불가능했다.

뿐만 아니라 강호의 인심 역시 망우의 손을 들어줄 것이다.

결국 남궁세가는 자신과 함께 무너지게 될 터.

"크으으……."

남궁진천이 억울한 듯 침음성을 흘렸다.

자신으로 인해 세가가 무너져서는 안 됐다.

그의 고집으로 인해 자식과 형제들이 죽어나가는 것을 어찌 볼 수 있단 말인가.

"진운룡…… 네 놈이…… 결국!"

남궁진천이 이를 갈며 진운룡을 노려봤다.

이 모든 게 진운룡이 남궁린을 죽이면서 시작된 일이었다.

아니, 어쩌면 모든 게 핑계일지도 모른다.

남궁진천은 이미 진운룡이 얼마나 뛰어난 자인지 짐작하고 있었고, 자신보다 뛰어난 자가 존재한다는 사실 자체를 인정하고 싶지 않았던 것이다.

그것이 증오가 되고, 집착이 되어 결국 이런 무리수까지 두게 된 것이다.

"크으윽…… 나 하나로 끝내 주시오……. 가문은 아무런 잘못이 없소. 맹의 무사들도 내 명에 따랐을 뿐이오."

남궁진천이 피눈물을 흘리며 검을 바닥에 버렸다.

"너희 가문은 손대지 않겠다. 하지만, 이번 일에 직접적으로 참여한 자들은 그 죄를 물을 수밖에 없다."

냉정한 얼굴로 망우가 말했다.

남궁진천 하나로 끝낸다면 진운룡이 납득하지 못할 것

이기 때문이다.

또한, 이번에 빠져나간 자들이 언젠가 다시 딴마음을 먹게 될 수도 있었다.

망우의 시선이 진운룡에게 향했다.

"진 대협. 소승이 다시 한 번 부탁드리겠습니다."

잠시 망우와 남궁진천을 바라보던 진운룡이 천천히 입을 열었다.

"네 녀석이 혜원의 제자라 하니 한 번 믿어보도록 하겠다. 하지만, 만일 이후에도 이런 상황이 발생하게 된다면, 그땐 내 손으로 직접 그 씨를 말릴 것이다. 만일 모든 무림이 나를 적대한다면 무림 자체를 지워버릴 것이다."

광오하고도 오만한 선언이었다.

각파 고수들도 얼굴에 불편함을 숨기지 못했다.

망우가 워낙에 진운룡을 극진히 대하고 있기에 아무도 함부로 나서지는 않았으나, 속으로는 어이없게 여기고 있었다.

그들의 생각이 어떻든 망우는 한숨 덜은 얼굴로 얼른 진운룡에게 감사를 전했다.

"고맙습니다, 진 대협. 소승의 목숨이 붙어 있는 한, 아니 소림이 존재하는 한, 반드시 오늘 약속은 지켜질 것입니다."

진운룡은 차가운 눈으로 장내를 한 번 쓸어본 후 훌쩍 몸을 날려 무당을 떠났다.

*　　　　　*　　　　　*

쉰 평 남짓한 석실 한가운데 놓인 연단로(鍊丹爐)가 붉은 연기를 피워내고 있었다.

청동으로 만들어진 연단로는 불에 닿은 부분이 붉게 달아올라 있었다.

그 앞에 황사 도중문이 가부좌를 튼 채 앉아 있었다.

어느 순간, 미동도 없이 앉아 있던 도중문의 두 눈이 신광을 뿜어내며 번쩍 열렸다.

"드디어 완성인가!"

연단로에서 솟아오르던 붉은 연기가 어느새 모습을 감추고, 대신 은은한 붉은 빛 덩어리 하나가 연단로 위 허공에 떠 있었다.

도중문은 희열에 찬 얼굴로 빛 덩어리를 바라봤다.

"이것이야 말로 피의 정수! 혈신대법을 완성시킬 혈령단! 오 년을 기다려 드디어 완성 시켰구나!"

도중문의 목소리는 흥분으로 인해 잘게 떨리고 있다.

평상시의 근엄하고 인세를 벗어난 듯한 초연한 모습은

온데간데없고 한 마리 탐욕스러운 야수의 모습이 드러났다.

도중문의 손이 조심스럽게 빛 덩이를 향해 다가갔다.

그의 손이 기묘한 움직임을 보이며 빛 덩이 주변을 쓰다듬고 스쳐갔다.

알 수 없는 언어가 도중문의 입에서 흘러나왔다.

그러자 놀랍게도 아이 머리통만 하던 빛 덩이가 점점 작아지기 시작했다.

크기가 작아짐에도 불구하고 빛 덩이에서 뿜어져 나오는 핏빛 광채는 더욱 짙어졌다.

도중문의 이마에 땀이 흘러내렸다.

그가 이 작업에 얼마나 심력을 소모하고 있는지 보여주는 것이었다.

반 각 정도의 시간이 흐른 후 빛 덩이가 엄지손가락 크기의 구슬이 되었을 때, 도중문이 큰 소리로 알 수 없는 주문을 토해냈다.

번쩍!

동시에 빛 덩이에서 강렬한 섬광이 터져 나와 석실 전체를 가득 채우더니, 빛 덩이가 천천히 허공으로 움직이기 시작했다.

도중문은 눈썹을 꿈틀대며 주문을 외웠다.

무척 힘이 드는지 양쪽 뺨이 부들부들 떨리고 있었다.

빛 덩이는 완만한 곡선을 그리며 도중문의 정수리를 향해 움직였다.

치이익!

뜨거운 열기에 빛 덩이 주변의 공기가 타들어갔다.

도중문의 머리카락 또한 타들어가며 매캐한 연기를 피워 올렸다.

하지만 도중문은 뜨거움이 느껴지지 않는 듯, 자리에 박힌 채 꼼짝도 하지 않았다.

치익!

그때, 빛 덩이가 도중문의 정수리로 파고들었다.

"크읍!"

그동안 꼼짝 않고 버티던 도중문도 뇌가 타들어가는 듯한 고통에 그 순간만큼은 신음을 흘리지 않을 수 없었다.

화아악!

순간, 도중문의 몸 전체를 시뻘건 화염이 뒤덮었다.

"끄으으……."

살이 타고, 눈알이 터져 나가고, 손발톱이 녹아내림에도 도중문은 달아나거나 불을 끄려하지 않고 모든 고통을 참아냈다.

결국 모든 육체가 녹아내리고, 뼈마저 불꽃 속에 파묻혀서 아무것도 보이지 않게 되었다.

오로지 시뻘건 불꽃만이 그 자리에서 타오르고 있었다.

그러던 어느 순간, 불꽃의 한가운데에서 손톱만 한 작은 소용돌이가 생겨났다.

스스스스스!

소용돌이는 점점 불꽃을 빨아들이며 그 크기를 키웠다.

시간이 지나자 불꽃은 모두 소용돌이에 삼켜져 종국에는 직경이 일 장에 이르는 거대한 소용돌이만 남게 되었다.

쿠르르르르!

그때, 굉음을 내며 회전하던 소용돌이 속에서 핏덩어리가 튀어나왔다.

끈적한 핏물이 겉 표면을 감싸고 있는 그 덩어리는 마치 커다란 알처럼 보였다.

하지만 알이라기엔 그 표면이 그리 딱딱해 보이지 않았다.

꿈틀!

그 순간, 핏덩어리 한쪽 표면이 불룩하게 솟아올랐다.

마치 무언가가 밖으로 빠져나오려는 듯 표면이 금방이라도 터질 것처럼 늘어났다.

치이익!

마침내 종이가 찢어지는 듯한 날카로운 소리와 함께 기다란 무언가가 끈적한 표면을 뚫고 나왔다.

그것은 놀랍게도 사람의 팔이었다.

핏물로 인해 온통 붉게 뒤덮여 있었지만, 그 끝에 붙어 있는 손과 손가락은 그것이 누군가의 팔이라는 것을 말해주고 있었다.

팔이 모습을 드러내고, 곧이어 다른 한쪽 팔과 어깨, 그리고 피에 젖은 머리가 표면을 뚫고 나왔다.

온통 붉은색 천지인 상태에서 오직 두 눈만이 희게 빛났다.

붉은 얼굴 아래쪽이 위아래로 벌어졌다.

"으하하하하하!"

동시에 핏덩어리를 뚫고 나온 인형으로부터 석실을 쩌렁쩌렁 울리는 광소가 터져 나왔다.

"이제 나 도중문이 새로운 세상을 열리라!"

피에 뒤덮인 인형, 도중문이 몸을 일으켜 다시 한 번 광소를 터뜨렸다.

9장
혼돈에 빠진 강호

남궁진천과 제갈휘는 당분간 천주봉 꼭대기 근처에 위치한 석굴 안에 갇히게 되었다.

　일단 진운룡의 사건과 연관된 모든 조사가 끝날 때까지 그들의 처분을 잠시 연기한 것이다.

　이번 망우의 처사에 불만이 있는 이들도 많았다.

　마치 꼬리를 만 강아지처럼 진운룡에게 잘 보이기 위해 애쓰는 망우의 모습이 너무 비굴하고 정도에도 맞지 않다 여겼기 때문이다.

　망우 또한 그러한 사실을 잘 알고 있었다.

　하지만 이 방법만이 혈겁을 막을 수 있는 최선의 선택

이기에 그 모든 원망은 자신이 짊어지기로 한 것이었다.

한편, 석굴에 갇힌 남궁진천은 증오와 분노가 극에 달해 있었다.

그의 모든 증오는 오로지 진운룡을 향했다.

당장이라도 달려가 놈을 찢어 죽이고 싶었으나, 이제는 아무것도 할 수 없었다.

물론, 마음만 먹으면 그의 실력으로 석굴을 빠져나가는 것은 일도 아니다.

하지만, 그리되면 세가와 그의 가족들이 오명을 뒤집어쓰고 피해를 입게 될 것이다.

게다가 지금 이곳을 탈출한다 해도 그가 할 수 있는 일은 아무것도 없었다.

'나는 남궁진천이다!'

그는 속으로 외쳤다.

자신을 위해서도 가문을 위해서도 아직 포기할 수는 없었다.

"이곳까지 어쩐 일이십니까?"

그때, 석굴 밖이 소란스러워졌다.

누군가 찾아온 모양이었다.

"남궁 맹주를 잠깐 보러 왔다."

조금은 걸걸한 목소리에 남궁진천의 두 눈이 번쩍 뜨

였다.

'이 목소리는?'

그것은 분명 개방 방주 구천엽의 목소리였다.

'구천엽이 무슨 일로 나를 만나러 온 것인가?'

남궁진천의 머릿속에 의문이 일었다.

그간 총타에 틀어박혀 모습을 드러내지 않던 구천엽이 이곳까지 걸음을 한 것이다.

어찌 되었든 개방은 진운룡에게 가장 많은 피해를 입은 곳이었다. 진운룡에 대한 적대감도 가장 커서 남궁진천과는 뜻이 비교적 통했다.

무슨 일이든 이야기를 나눠서 나쁠 건 없었다.

"음…… 망우 대사님께서 아무도 들이지 말라 하셨는데……."

석굴을 지키는 도사의 곤란한 목소리가 들려왔다.

"어허! 이 사람아, 다른 이도 아니고 나 구천엽일세. 맹주께 마지막 인사라도 드리고 싶어 그러는 것이네. 아주 잠깐이면 되니 그리 **빡빡하게** 굴지 말게."

"끄응……."

잠시 고민을 하는 듯 아무 말도 않던 도사가 못 이기는 척 입을 열었다.

"반 각 이상은 안 됩니다."

"하하하! 알겠네. 꼭 반 각 안에 끝낼 테니 걱정

말게."

호탕한 웃음소리에 이어 구천엽이 동굴 안으로 모습을 드러냈다.

"몰골이 말이 아니십니다."

구천엽이 살짝 미소 띤 얼굴로 남궁진천에게 고개를 숙였다.

남궁진천이 눈살을 찌푸리며 구천엽을 응시했다.

구천엽의 입가에 걸린 미소가 조금 불쾌하게 느껴졌던 것이다.

'이 자가 대체 무슨 꿍꿍이지?'

구천엽은 실실 웃으며 남궁진천 앞에 앉았다.

"시간이 없으니 본론으로 들어갑시다."

구천엽의 말투가 변했다.

남궁진천의 표정에도 불쾌감이 그대로 드러났다.

"진운룡 그 놈을 죽이고 싶소?"

구천엽이 은밀한 목소리로 말했다.

남궁진천의 두 눈에서 안광이 뿜어져 나왔다.

"무슨 수작인가?"

"흥분하지 말고 대답해 보시오. 난 그대에게 기회를 주러 온 것이니까!"

구천엽의 눈동자가 붉게 빛났다.

'이 놈이!'

남궁진천이 두 눈을 부릅떴다.

상대에게서 느껴지는 기운은 개방의 것이 아니었다.

"네놈은 누구냐?"

"그것은 중요한 것이 아니지."

잠시 뜸을 들인 구천엽이 말을 이었다.

"중요한 건 그대는 진운룡에게 복수를 하고 싶고, 나는 그대의 소원을 이루어 줄 방법이 있다는 것이네."

남궁진천의 눈썹이 꿈틀거렸다.

"무슨 개소리를 하는 것이냐!"

"믿건 안 믿건 그대의 마음이지만, 그대에게는 어차피 다른 선택지가 없지 않은가. 이것이 그대에게 남은 마지막 기회야."

남궁진천이 한동안 구천엽을 노려봤다.

"시간이 없다. 반 각이 지나기 전에 결정해라."

어느새 구천엽의 말투는 하대(下待)로 바뀌어 있었다.

남궁진천의 머릿속이 복잡하게 돌아갔다.

상대의 정체가 과연 무엇인가.

그의 목적은? 자신에게 원하는 것은?

도무지 짐작 가는 것이 없었다.

"대체 어떻게 나의 복수를 돕겠다는 것이냐?"

구천엽이 씨익 웃었다.

"너에게 힘을 주지. 세상 누구도 감히 넘볼 수 없는

절대자, 불멸자의 힘을!"

남궁진천은 다시 한 번 눈살을 찌푸렸다.

너무도 광오하고 터무니없는 말이었다.

절대자, 불멸자의 힘이라니……

하지만, 왠지 구천엽의 말을 외면할 수 없었다.

거기에는 구천엽이 풍기고 있는 묘한 분위기도 한몫을 하고 있었다.

게다가 상대의 정체가 무엇이든, 또 그의 능력이 어떤 것이든 확실한 것은 구천엽의 말대로 이것은 남궁진천에게 주어진 마지막 기회였다.

구천엽이 정말 그가 복수하도록 도와줄 수 있는지는 불확실했으나, 얼마 후에 모든 것을 잃게 될 남궁진천으로서는 어차피 손해 볼 것 없는 일이다.

"좋다. 네놈의 수작에 응해주지."

"잘 생각했다."

구천엽의 미소가 더욱 짙어졌다.

"뒤로 돌아 앉거라."

잠시 망설이던 남궁진천이 천천히 등을 보이고 돌아섰다.

구천엽이 오른손을 목 바로 아래쪽에 위치한 대추혈에 가져다 댔다.

급소에 상대방의 손이 닿자 잠시 움찔했던 남궁진천이

포기한 듯 구천엽에게 몸을 맡겼다.

기껏해야 죽기밖에 더 하겠는가.

그때였다.

갑자기 대추혈을 송곳으로 찌르는 듯한 극심한 통증이 일었다.

그리고 온몸이 꼼짝도 할 수 없게 마비되었다.

동시에 머릿속으로 알 수 없는 기운이 파고들었다.

"크으윽! 무, 무엇이냐!"

"후후, 걱정마라. 진운룡 그놈에 대한 복수는 확실히 해주마. 물론 네놈의 육신으로 말이다."

그제야 남궁진천은 무언가 잘못되었다는 것을 깨달았다.

하지만 점점 의식이 희미해지고 있어 제대로 생각조차 할 수 없었다.

'하기야 어차피 무공이 폐지된 채 참회동에 처박히게 될 터⋯⋯. 이렇게 죽는 것도 나쁘지 않겠지⋯⋯.'

그가 마지막으로 떠올린 생각이었다.

그것을 끝으로 남궁진천의 의식이 끊어졌다.

잠시 후 붉은 안개가 남궁진천과 구천엽을 감쌌다.

"끄으으으⋯⋯."

남궁진천의 눈이 뒤집어졌다.

뒤집어진 곳에는 흰자위가 아닌 붉은 핏물이 가득 차

있었다.

구우우우우우!

석굴이 지진이 난 것처럼 진동했다.

"뭐, 뭐야!"

놀란 도사들이 석굴 안으로 뛰어 들어왔다.

"구 방주님, 이게 대체 무슨 짓입니까!"

남궁진천의 등에 손을 대고 있는 구천엽을 보며 도사가 외쳤다.

"구 방주님! 당장 손을 거두십시오!"

두 명의 도사가 검을 겨누며 말했지만, 구천엽은 자세를 풀지 않았다.

보다 못한 도사들이 구천엽을 떼어내기 위해 어깨를 잡았다.

"헉!"

그 순간, 어깨에 손을 얹자마자 구천엽의 육신이 그대로 무너져 내렸다.

바로 그때였다.

등을 돌리고 있던 남궁진천이 번개처럼 몸을 돌려 두 도사를 향해 팔을 뻗어냈다.

"커억!"

남궁진천의 양손이 두 도사의 목을 움켜쥐었다.

너무도 갑작스러운 공격에 두 도사는 미처 피하지 못

하고 그대로 목을 내주고 말았다.

우드득!

뼈 부러지는 소리가 들리며 두 도사의 목이 비정상적으로 꺾였다.

꾸드득!

그러고는 그들의 몸이 마치 정기가 빨려나가는 것처럼 점점 쪼그라들기 시작했다.

"좋아!"

남궁진천의 입에서 기분 좋은 탄성이 터져 나왔다.

점점 쪼그라들던 두 도사가 종국에는 뼈와 거죽만 남은 목내이가 되자, 남궁진천은 두 도사의 시체를 바닥에 팽개치고는 천천히 동굴 밖으로 나섰다.

그의 두 눈은 어느새 혈광이 어려 있었다.

우우우우웅!

그가 공력을 끌어올렸다.

"후후후, 역시 덩어리가 큰 녀석을 먹어야 해. 게다가 육신 또한 거지 놈과는 비교할 바가 아니군!"

그의 입가에 미소가 짙어졌다.

이제야 비로소 진운룡에게 목이 잘리기 전의 능력을 회복했다.

당시에는 대법 중이었기에 변변히 대항도 못해보고 놈에게 당했다. 하지만 이번에는 다를 것이다.

"크흐흐흐, 진운룡이라 했던가? 네놈에게 진정한 지옥을 맛보게 해주마!"

남궁진천의 신형이 허공으로 긴 잔상을 남기며 사라졌다.

*   *   *

무당은 아수라장이 되었다.

"대체 무슨 말인가! 남궁진천이 탈출하다니!"

망우 대사가 당혹스러운 얼굴로 소리쳤다.

"개방 방주 구천엽을 죽이고 탈출한 듯합니다!"

공동파 진율이 난감한 얼굴로 말했다.

"허…… 개방 방주까지 죽였다고?"

그들은 아직 개방 총타에서 벌어진 일에 대해 알지 못하고 있었기에 구천엽의 정체에 대해 몰랐다.

"휴…… 결국엔 남궁 맹주가 일을 벌이고 마는군요."

황보혁군이 안타까운 얼굴로 말했다.

"당장 강호에 수배를 내려야 합니다. 그자가 어떤 짓을 저지를지 모릅니다."

망우가 고민스러운 얼굴로 쉽게 입을 열지 못했다.

"남궁세가 먼저 단속해야 하지 않겠습니까?"

황보혁군의 말에 망우가 천천히 고개를 끄덕였다.

"그렇지. 그자가 세가로 돌아갈 가능성도 있으니⋯⋯."

일단 주변에서 도움을 받을 수 없도록 고립시켜야 했다.

"진운룡 그자가 이 사실을 알면 큰일이 아닙니까?"

걱정스러운 얼굴로 화산의 장문 임혁군이 말했다.

혈교 잔당들과의 대결에서 입은 부상으로 한동안 움직일 수 없었던 그는 지금도 회복이 덜 된 듯 조금 불편한 모습이었다.

임혁군의 말에 옥허궁에 모인 이들의 표정이 어두워졌다.

"도무지 이해가 되지 않습니다. 남궁진천 그자가 이렇게까지 어리석을 줄이야⋯⋯."

황보혁군이 이해가 안 된다는 얼굴로 말했다.

이제 와서 탈출을 한다 해도 그가 할 수 있는 일은 아무것도 없었다.

기껏해야 진운룡에게 개인적으로 복수하는 것뿐인데, 그것도 진운룡의 능력을 생각하면 거의 불가능한 일이었다.

오히려 남궁세가에 불이익만 줄 뿐이다.

한데도 이런 일을 벌였다는 것이 의문이었다.

"일단은 진운룡 그에게 사실대로 이야기하고 설득해보

는 수밖에……."

망우가 착잡한 표정으로 간신히 입을 열었다.

자신의 이름을 걸고 약속했던 일이다.

그것이 어긋난 것도 결국 자신의 책임이었다.

망우의 얼굴에 시름이 깊어졌다.

*   *   *

신강에 위치한 천산.

그 빼어난 풍광과 거대함에 누구나 숙연해지는 곳.

하지만 강호인들에게는 공포와 두려움의 대명사였다.

바로 마교의 본단이 이곳에 위치해 있기 때문이다.

지금, 그 공포의 대명사인 마교 본단이 술렁이고 있었다.

무려 삼만에 이르는 병사가 천산 초입 마교 본단으로 들어서는 입구에 도열해 있었다

그 가장 앞에는 동창의 관복을 갖춰 입은 사내 셋이 자리하고 있었는데, 그들의 용모가 무척 독특했다.

셋의 머리색이 각각 모두 달랐고, 눈동자의 색깔 또한 머리색과 같았다.

입구는 마인 열 명이 지키고 있었는데, 그들은 삼만이 넘는 병력을 보고도 눈 하나 깜짝하지 않았다.

"크크크, 관군이 뭐 집어먹을 게 있다고 여기까지 찾아온 것이냐?"

입구를 지키던 봉두난발의 마인이 괴소를 흘리며 물었다.

세 명의 동창인 중 적발에 붉은 눈동자를 가진 자가 손에서 두루마리를 펼쳤다.

"사악한 마교의 무리들은 황제 폐하의 명을 받으라! 마교는 황제께 반하고 백성들을 혹세무민하여 그간 저지른 죄악이 하늘을 찌르니, 이에 황제 폐하께서 지엄한 징벌을 내려 오늘부로 모든 마인들은 무공을 폐하고 뇌옥에 가둘 것이며, 그 수장인 하우광과 수뇌들의 목을 잘라 효수할 것이다! 만일 반항할 경우 모두 참할 것이다!"

적발 동창 위사의 목소리가 쩌렁쩌렁 울려 퍼졌다.

입구를 지키는 마인들의 내력이 진탕될 정도로 막강한 공력이 담겨져 있었다.

그러나 마인들은 코웃음을 쳤다.

"흥! 무림맹이 모든 문파를 이끌고 쳐들어온다 해도 콧방귀도 안 뀔 텐데, 관의 버러지들 따위가 감히 교에 덤벼들다니 네놈들이 겁대가리를 상실했구나."

"황제 폐하의 명을 거스르는 것은 반역이다. 반역을 꾀하는 무리에게 자비를 베풀 필요는 없겠지. 모두 쳐라! 사악한 역적들의 목을 황제께 바쳐라!"

그때, 삼만 병사 사이에서 붉은 관복을 걸친 자들이 허공으로 날아올라 마인들을 향해 쏘아졌다.

"크하하하! 내 오늘은 더러운 관병의 피로 목욕하겠구나!"

광오하게 웃던 마인의 말은 오래 이어지지 못했다.

퍼억! 퍽!

붉은 관복을 입은 열 명의 병사가 휘두른 검에 마인들의 목이 떨어져 내렸다.

단 일 수만에 벌어진 일이었다.

너무도 빠른 속도에 마인들은 손 하나 까딱해보지 못하고 목이 달아났다.

그 뒤를 따라 삼만의 병사가 밀물처럼 밀고 들어갔다.

*　　　　*　　　　*

"교주!"

마교의 군사 천뇌(天腦) 사마진이 다급한 얼굴로 교주전에 있던 마제 하우광을 찾았다.

이미 무언가를 느꼈는지 하우광은 자리에서 일어나 있었다.

"무슨 일이냐?"

낮게 가라앉은 목소리로 하우광이 물었다.

사마진의 다급한 모습에도 불구하고 그의 표정에서는 전혀 긴장감을 느낄 수 없었다.

하우광이 누구던가.

정사마를 통틀어 누구나 인정하는 현 천하제일인이 바로 그였다.

물론 정파에서는 무림맹주인 남궁진천을 제일 윗줄에 꼽긴 했으나, 그들마저도 속으로는 하우광이 천하제일인임을 인정하고 있었다.

만일 하우광이 마음먹고 중원을 노렸다면 정도 무림은 수많은 피를 흘렸을 것이다.

아니, 하우광과 그를 따르는 아홉 마왕들의 능력을 생각하면 정도 무림은 처참하게 무너졌을 지도 모른다.

하지만, 다행히도 하우광은 중원 정복에 대해 아무런 관심이 없었다.

게다가 그는 역대 천마들 중에서도 가장 온화하고 공명정대한 인물이었다.

혹자들은 이미 그가 극마와 탈마를 넘어서 자연경에 이르렀기 때문이라 여겼다.

궁극의 깨달음을 얻은 그에게 세상의 욕심이나 강함에 대한 동경은 아무 의미가 없었을 것이기 때문이다.

그만큼 하우광은 현 무림에서 견줄 자가 없는 강자였다.

그런 하우광이기에 어지간한 일로는 미동도 하지 않는 것이다.

"관군이 쳐들어왔습니다."

하우광의 두 눈에 의문이 일었다.

관군이 쳐들어온 것 자체도 의아한 일이었지만, 그보다는 겨우 그것 때문에 사마진이 이토록 당황하고 있다는 사실이 이해되지 않았기 때문이다.

명이 세워진 이후로 수많은 황제들이 교를 없애기 위해 노력했으나, 아직도 교는 굳건하게 유지되고 있었다.

아무리 많은 수의 병사들이 공격해 온다 해도 천산마교가 무너질 일은 없었다.

한데 사마진의 표정은 마치 큰 위기라도 닥친 듯했다.

"병력이 삼만이나 됩니다. 게다가 벌써 외성이 뚫렸습니다."

하우광의 두 눈에 이채가 일었다.

"외성이?"

외성이 뚫렸다는 것은 외성을 지키는 철혈단과 혈영단이 무너졌다는 이야기다.

"고작 관군 따위에게?"

철혈단과 혈영단은 그 숫자만 해도 이천에 달한다.

또한 소속 무인 모두가 일류를 넘어선 정예다.

그런데 관군에게 뚫리다니 말이 되지 않았다.

관군의 숫자가 많은 것을 가정한다고 해도 그랬다.

외성의 지형을 생각하면 한 번에 덤벼들 수 있는 인원에는 한계가 있었기 때문이다.

사마진이 곤혹스러운 표정으로 말을 이었다.

"관군들의 무력이 심상치 않습니다."

"무력이?"

"단 삼백 명이 움직여 철혈단 천오백을 괴멸시켰다 합니다."

하우광의 표정이 딱딱하게 굳었다.

그가 생각했던 것과는 정반대의 상황이었다.

"관군에게 그런 무력이 있었단 말이냐?"

"놈들 중 붉은 옷을 입은 자들이 있는데, 그들의 실력이 만만치 않습니다. 교의 무사들이 거의 일 수에 나가떨어지고 있습니다."

하우광의 얼굴에 놀라움이 어렸다.

그 정도면 절정을 훌쩍 뛰어넘는 수준이다.

"그런 자들이 얼핏 보아도 천 명이 넘는다 합니다."

"허……."

절정 고수가 천 명이라면 몇 개의 문파를 합해도 불가능한 숫자였다.

보통 거대 문파의 제자 수가 이천에서 삼천 사이인데, 그중 절정 고수의 숫자는 기껏해야 수십 명에 불과했다.

소림이나 무당 정도 되는 경우가 되어야 간신히 백이 넘는 수준이었다.

한데 무림 문파도 아닌 관군이 천 명의 절정 고수를 보유하고 있다니 경악하지 않을 수 없었다.

아무리 생각해도 수상한 점이 한두 개가 아니었다.

"내가 직접 나설 것이니 구마왕을 소집하라!"

"존명!"

명을 받은 사마진이 서둘러 교주전을 빠져나갔다.

뒤이어 하우광이 빠른 걸음으로 천마전으로 향했다.

＊　　　　＊　　　　＊

마교 내성의 성벽 위로 하우광이 모습을 드러냈다.

그 뒤로는 아홉 명의 마두들이 강렬한 마기를 뿜어내며 시립해 있었다.

하우광의 시선이 성문 앞에서 벌어지고 있는 싸움으로 향했다.

천 명의 붉은 옷을 입은 관군과 이천의 광마단이 대치하고 있었다.

나머지 관군들은 싸움에 껴들지 않고 뒤쪽으로 멀찍이 떨어져 있었는데, 그 수가 워낙 많았기에 외성 밖까지 줄이 길게 늘어져 있었다.

결국 실질적으로는 이천의 광마단과 천 명의 붉은 옷 관군의 대결이었다.

한데, 수적인 우세에도 불구하고 광마단이 밀리고 있었다.

"놀랍군."

하우광이 순수한 감탄사를 터뜨렸다.

관군들의 실력은 그가 예상했던 것보다 훨씬 뛰어났다.

광마단은 마교의 열 개 무력 부대 중에서도 다섯 손가락 안에 꼽히는 조직이다.

그런 광마단을 상대로 관군들은 절반의 숫자로도 손쉽게 밀어붙이고 있었다.

더욱 놀라운 것은 가장 앞에 나선 적발의 사내였다.

이미 초절정을 넘어 화경 초입에 이른 광마단주를 가지고 놀다시피 하고 있었다.

"하지만 그보다도……."

하우광의 시선이 싸움터에서 벗어나 외성 입구를 향했다.

관군들의 행렬 가장 끝 쪽에 네 명의 관군이 짊어진 가마 하나가 보였다.

하우광은 그곳으로부터 진한 혈향을 느낄 수 있었다.

특별한 기세나 강력한 기의 파동이 느껴지는 것은 아

니다.

단지 기분 나쁜 찐득한 혈향이 묘하게 그를 자극했다.

"진짜는 저곳에 있군."

하우광의 눈빛이 깊게 가라앉았다.

우우우우우웅!

순간, 하우광의 몸에서 마치 메뚜기 떼의 날갯짓 소리와 같은 굉음이 울리며 강력한 기파가 전면을 향해 쏘아져 나갔다.

파아아앙!

기의 파동이 성문 앞을 휩쓸자, 광마단과 붉은 옷의 관군들도 싸움을 멈췄다.

"그만 모습을 드러내거라!"

하우광의 사자후가 천마신교가 자리 잡은 계곡 전체를 울렸다.

사마진과 아홉 마왕들이 무슨 소리인가 하여 조심스럽게 하우광의 눈치를 살폈다.

그때였다.

"크하하하하하!"

외성 입구로부터 산을 무너뜨릴 듯한 광소가 터져 나왔다.

"역시 대단하구나, 하우광. 나의 존재를 눈치 채다니. 그대에 대한 강호의 평가가 오히려 모자람이 있구나."

풍겨지는 찐득한 혈향과 달리 그 목소리는 너무도 맑고 청량했다.

하우광은 철탑처럼 우뚝 선 채로 가마를 응시했다.

"좋아, 그 정도는 되어야 나와 상대할 자격이 있느니라."

콰아앙!

순간, 가마의 지붕이 터져 나가며 한 줄기 핏빛 선이 내성 벽을 향해 쏘아졌다.

핏빛 선은 하우광과 열 장 정도 떨어진 허공에 멈춰섰다.

"그대의 능력이 아까워 마지막으로 선택의 기회를 주겠노라. 이대로 무릎을 꿇고 나를 따르라. 그리하면 그대를 새로운 세상에서 일인지하 만인지상의 자리에 세워주마!"

핏빛 선의 정체는 바로 도중문이었다.

그는 온몸에 붉은 장포를 걸치고 있었다.

두 눈은 홍옥처럼 붉게 빛났으며, 얼굴은 핏기 하나 없이 창백했다.

혈신대법을 완성한 지 겨우 한 달 만에 신강 땅에 모습을 드러낸 것이다.

북경에서 신강까지는 말을 타고 움직여도 반 년 이상 걸리는 먼 거리였다.

하지만 경악스럽게도 도중문은 단 한 달 만에 그 거리를 주파한 것이다.

하우광과 도중문의 시선이 허공에서 얽혔다.

"놀랍군. 그대와 같은 자가 존재하다니……."

하우광이 다소 놀란 목소리로 말했다.

도중문의 기운은 마치 무저갱처럼 주변의 모든 것을 빨아들이고 있었다.

그 기운으로부터 끝을 알 수 없는 혼돈과 공허가 느껴졌다.

"인간을 벗어났군."

"후후후, 그렇다. 그대의 말대로 나는 인간의 껍질을 벗었느니라. 하니, 그대의 능력으로는 나를 어찌할 수 없다는 것도 잘 알 것이다. 괜한 오기 부리지 말고 순순히 무릎을 꿇어라."

"글쎄, 그대가 인간을 넘어서 신에 도달한 자인지, 아니면 인간의 탈을 벗은 짐승에 불과할지는 알 수 없는 일이지."

강적을 앞에 두고 있음에도 하우광의 목소리는 의외로 담담했다.

"쯧쯧, 기어이 권주를 마다하고 벌주를 받겠다는 것이냐?"

도중문이 안타까운 듯 혀를 찼다.

"의미 없는 이야기는 그만 하도록 하지."

하우광이 먼저 움직였다.

그만큼 상대가 만만치 않음을 그도 인정한 것이다.

그의 첫 번째 공격은 권(拳)이었다.

강기도 실려 있지 않은 평범한 주먹이었다.

하지만 그 속도가 그야말로 벼락처럼 빨랐다.

주먹을 뻗어낸 순간 어느새 도중문의 눈앞에 다다라 있었다.

그럼에도 불구하고 도중문의 얼굴에는 여유 있는 미소가 걸려 있었다.

쩌어어어엉!

공기가 터져 나가는 굉음과 함께 충격파가 주변 오십 장이 넘는 범위를 덮쳤다.

땅 위에서 대치하고 있던 광마단과 관군들이 충격파에 밀려 분분히 뒤로 물러섰다.

두 사람을 중심으로 바닥이 꺼지며 운석이 떨어져 내린 것 같은 거대한 구덩이가 생겨났다.

도저히 인간의 힘이라 볼 수 없는 강력한 파괴력이었다.

하지만 더욱 놀라운 것은 하우광의 주먹이 도중문의 얼굴 한 치 정도 떨어진 곳에 멈춰서 더 이상 앞으로 나아가지 못하고 있다는 사실이었다.

"제법이구나. 역시 날 실망시키지 않겠어. 이번에 얻은 내 힘을 시험해 보기에도 딱 좋구나."

도중문이 여유로운 얼굴로 말했다.

그는 뒷짐까지 진 채 미동도 않고 하우광과 마주하고 있었다.

"인사는 했으니, 이제 본격적으로 놀아볼까?"

하우광의 두 눈에서 안광이 번뜩였다.

동시에 앞으로 뻗어낸 주먹에서 검붉은 강기의 파편이 터져 나갔다.

콰아아앙!

쩌저적!

그러자 도중문의 앞을 가로막고 있던 무형의 막에 금이 갔다.

"호오!"

도중문이 탄성을 터뜨렸다.

무형의 막이 깨져 나가며 강기의 파편들이 도중문을 덮쳤다.

순간, 신기루처럼 도중문의 신형이 그 자리에서 사라졌다.

하우광이 즉시 주먹을 거두고 아래쪽으로 몸을 날렸다.

슈아악!

그 자리로 핏빛 광구(光球)가 스치듯 지나갔다.

하우광이 피해낸 광구는 그대로 성문에 직격했다.

콰아아앙!

폭발과 함께 성문과 그 위의 성벽까지 주변의 모든 것이 터져 나갔다.

"이런!"

하우광이 눈살을 찌푸렸다.

그러나 지금은 다른 것에 신경 쓸 여력이 없었다.

곧바로 도중문의 공격이 이어졌기 때문이다.

콰콰콰쾅!

도중문이 날린 광구가 연달아 하우광에게 직격했다.

하우광은 강기를 일으켜 광구들을 쳐냈다.

튕겨나간 광구들이 사방에서 터지며 적아를 가리지 않고 장내를 휩쓸었다.

하우광은 이를 악물었다.

상대의 공력이 예상대로 만만치 않았다.

게다가 움직임 역시 하우광이 쉽게 쫓지 못할 정도로 빨랐다.

하우광은 곧장 천마신공을 끌어올렸다.

밑천을 남겨둘 상대가 아니었다.

전력을 다해도 이긴다는 보장이 없었다.

하우광의 몸 전체를 검붉은 기운이 둘러쌌다.

소용돌이치는 기운이 도중문이 날린 광구들을 튕겨냈다.

곧이어 하우광의 신형이 화살처럼 도중문을 향해 쏘아졌다.

그 앞쪽으로 거대한 묵 빛 권형(拳形)이 모습을 드러냈다.

바로 천마신공의 절기 중 하나인 천마파천권이었다.

사람 몸통만 한 권형이 그대로 도중문을 직격했다.

도중문은 피하지 않고 양 손바닥으로 권형을 막았다.

콰아아앙!

한 순간 공간이 수축되었다가 강력한 폭발을 일으켰다.

도중문을 중심으로 충격파가 양쪽으로 갈라졌다.

하지만 그 한가운데 있는 도중문은 꿈쩍도 하지 않았다.

미리 예상했다는 듯 하우광의 공격이 연달아 이어졌다.

이번에는 거대한 장영(掌影)이 도중문을 덮쳤다.

천마신공의 두 번째 절기 천마멸겁장이었다.

연달아 이어진 공격에 도중문 역시 버티지 못하고 뒤로 밀려났다.

하나 여전히 그의 표정에는 여유가 있었다.

하우광은 멈추지 않고 공격을 이어갔다.

천마멸겁장이 연달아 도중문에게 쏘아졌다.

순식간에 만들어진 십여 개의 장영이 도중문이 움직일 모든 곳을 점하며 날아갔다.

그때, 도중문의 두 눈에서 핏빛 섬광이 번쩍였다.

그러자 놀라운 일이 벌어졌다.

도중문이 순식간에 핏빛 안개로 화해 사라지는 것이 아닌가.

"이런!"

하우광이 눈을 부릅떴다.

이번에는 자신도 도중문의 움직임을 보지 못했기 때문이다.

콰콰콰쾅!

목표를 잃은 장영들이 산 주변을 초토화시켰다.

"만일 내가 혈신대법을 완성하지 못했다면, 오히려 그대에게 당했겠구나."

그때, 하우광의 등 뒤에서 서늘한 목소리가 들려왔다.

하우광이 재빨리 뒤돌아 장력을 날렸다.

하지만 장력은 허무하게 튕겨나갔다.

어느새 도중문의 오른손에는 한 자루 검이 들려 있었다.

그가 검을 휘둘러 하우광의 장력을 쳐낸 것이다.

"시간이 있다면 그대와 더 어울렸을 테지만, 안타깝게도 놀이는 여기까지다."

도중문의 검이 핏빛으로 물들었다.

동시에 검으로부터 핏빛 뇌전이 줄기줄기 뻗어 나왔다.

하우광은 마치 시간이 멈춘 것처럼 세상이 느려짐을 느꼈다.

그 속에서 오로지 도중문의 핏빛 검만이 완만한 궤적을 그리며 천천히 움직이고 있었다.

모든 움직임도, 소리도 사라진 공간 속에서 오직 검에서 뿜어져 나오는 뇌전과 검만이 살아 움직이고 있었다.

그 검의 궤적 끝에는 하우광의 목이 걸려 있었다.

그러나 천천히 다가오는 검을 보면서도 하우광은 손가락 하나 까딱할 수 없었다.

어느 순간, 갑자기 멈췄던 시간이 다시 흐르기 시작했다.

서걱!

동시에 하우광의 목이 허공으로 떠올랐다.

그의 두 눈에는 평온이 어려 있었다.

마인들의 움직임이 멈췄다.

석상이 된 듯 그들은 수장의 죽음을 바라봤다.

"후우……."

도중문이 비틀거리며 땅 위로 내려섰다.

"만만치 않은 자였어. 혈신지체가 된 내가 전력을 다해야 하다니……."

힘에 겨운 듯 숨을 고른 도중문이 몸을 바로 세우고 명을 내렸다.

"오늘로 마교는 이 땅 위에서 지워질 것이다! 모두 추살하라!"

삼만의 관군이 주인을 잃은 마인들을 덮쳤다.

전의를 상실한 마인들은 제대로 대항도 못해본 채 그대로 쓰러졌다.

수천 년을 이어온 천산마교의 신화가 무너지는 순간이었다.

〈『혈룡전』 제6권에서 계속〉

1판 1쇄 찍음 2016년 10월 10일
1판 1쇄 펴냄 2016년 10월 17일

지은이 | 기억의 주인
펴낸이 | 정 필
펴낸곳 | 도서출판 **뿔미디어**

기획 · 편집 | 한관희 · 배희선

출판등록 | 2002년 9월 11일 (제081-1-132호)
주소 | 경기도 부천시 원미구 소향로 17번길(두성프라자) 303호 (우)420-864
전화 | (032)651-6513 / 팩스 032)651-6094
E-mail | bbulmedia@hanmail.net
홈페이지 | http://bbulmedia.com

값 8,000원

ISBN 979-11-315-7494-2 04810
ISBN 979-11-315-3415-1 04810 (세트)

www.bbulmedia.com